Ludwig Weibel
Die Fülle allen Seins in Mir

Inspirationen

Bibliographische Information der Deutschen Nationalbibliothek. Die Deutsche Nationalbibliothek verzeichnet
diese Publikation in der deutschen Nationalbibliographie,
detaillierte bibliographische Daten sind im Internet über
http://dnb.dnb.de abrufbar.

© 2021 Autor: Ludwig Weibel
Herstellung und Verlag:
BoD – Books on Demand, Norderstedt
ISBN 9783754356722

Ludwig Weibel

Die Fülle allen Seins in Mir

Inhalt

1

Wo die Füchse und Schakale fürbass gehn

1.1

Überleg dir mal die Situation, in der du dich befindest gegenwärtig und in alle Zukunft hin.

Das Jahr hat seine Tage und die Tage haben ihren Sinn, in der Aufeinanderfolge deiner fulminanten und verräterischen Lebenstaten. Klaglos und bewusst sollst du im Zeitenlauf in allem dich bewegen, was dich fördert und verunglimpft, zeichnet und erhebt. Nicht vergebens soll Ich dein Gevatter und Begleiter, Rufer in der Wüste und Beglaubiger gewesen sein, wenn du zur Besinnung auf dich selbst gerufen wirst im Weggehn hin zu Mir.

Du tastest dich voran und wie im Dunkel musst du deine Fährte finden durch den Dschungel und die heissen Wüsten, wo die Füchse und Schakale, nach Wasser und Kadavern lechzend, fürbass gehn.

1.2

Tauchst du endlich auf, so tauche Ich hinunter in dein Sein, um es mit Wahrhaftigkeit und Liebe zu verwöhnen. Du gleichst dem Brunnen, der da Wasser spendet aus der Fülle seiner selbst und dessen Quelle Ich dir Bin aus hochbegnadeten Gestaden.

Glaubst du dich sicher, zähle sogleich deiner Sterne goldnes Heer, und stelle fest, ob wirklich alle felsenfest zu dir gehören. Es könnte sein, dass sich befremdende und fremde bei dir eingeschlichen haben, die dir übel wollen in der Tat.

Dich von allem Tand zu reinigen und jede Tücke von dir fernzuhalten Bin Ich stets bei dir und schaffe wieder an, was du längst abgeschafft und ausgeschieden hast in deinem bodenlosen Wüten.

Meine Züge glätten, was zerknittert war und Meinem Ernst ist die Verwandlung deiner lächerlichen Spiegelfechtereien zuzuschreiben.

Es sei, dass alles, was *Ich* in die Finger nehme, von dem Wohlgelingen trieft, das Ich konstant und segensreich im Geistesall verbreite.

Sei dir bewusst, dass du geniessest, was du nicht gesät hast, und dass du einheimst, was dir eigentlich und ernstlich nicht gehört. Deswegen bist du nun dazu verpflichtet, es in seiner Seinssubstanz und Eleganz, Gediegenheit, Rechtschaffenheit und Tugendhaftigkeit zu mehren, womit es reiche Früchte trägt im Andersartigen.

Du bist von Mir befugt, Veränderungen vorzunehmen, die das Weltenleben potenzieren und zu Meinen wie zu deinen Gunsten vorteilhafter und gediegener erscheinen lassen. Das wird dann zur Quintessenz von allem, was Ich will, und will im besten Sinn und Geist kreieren.

Die Knospen allen Weltseins schlagen aus, wie Ich es traditionsgemäss befehle, und auch für dich und deinen Haushalt dringend und gekonnt empfehle. Ihr guten Leute, haltet euch an das, was Ich euch aus der ellenlangen Reihe eurer Mütter, Väter und Vertreter Meiner Seinsideen zugehalten habe. Das bedeutet Schliff und Pfiff in eurem Hirtenleben und ist der wahre Jakob, der euch glücklich und entschieden fromm macht, Meiner Güte und Gelassenheit, Gutmütigkeit und grandiosen Wohlfahrt gegenüber.

1.3

Meine Grenzen werden nie und nimmermehr geschlossen sein, weil Ich das Grenzenlose Bin und weil Ich Meine Schäflein ohne jeden Zwang und Zwick unter bester Seinskontrolle und Verfügung halte. Was wimmerst du, derweil du dich verletzt hast an dem Stachelzaun, den du frivolerweis um dich gezogen. *Meine* Zäune lösen sich in Luft und Liebewärme auf, sowie du ihnen nah gekommen. Sie weisen dir den Weg ins unergründliche Gedeihen an dir selbst, das Ich dir Bin, und dem auch du geweiht bist in einer Seinssynthese sondergleichen.

Ich willfahre jeder Bitte, die, mit Inbrunst vorgetragen, deine Lippen auf und zu bewegt. Nur allzugut ist Mir bekannt, was dich durchschüttelt und in dir rumort, und dennoch musst du es Mir sagen, damit Ich richtig reagieren und den Heilstrom dirigieren kann zu deinen eingebildeten und selbstgeschaffnen Nöten.

Du bist gut, sowie Ich dich beim Wickel halte durch die Geistesgegenwart, die Ich allüberall und ganz besonders ernsthaft auch in dir repräsentiere. Meine Würde ist unendlich gross, wenn es darum geht, Vertrauen zu entfachen, wie Verliebtheit in Mein sagenhaftes Sein und Resümee.

Wer Mir entwischen will, kann lange auf Erlaubnis warten, weil sich, wie Ich weiss, daraus nur Minderes ergeben könnte. Somit ist es sinnlos für dich auszuflippen, um im Nirgendwo den Trost und das Relieve zu suchen, die es dort nicht gibt und die nur Ich dir spenden kann aus Meiner Fülle, wie aus Meinem auserlesenen Gehaben.

Gevierteilt sollst du dich bei Mir nie fühlen, aber eingeteilt in jene Gruppe gottgesegneter und vifer Wesen, die dir angemessen ist, um optimal voranzukommen auf der Siegesfahrt ins Glück der Sterne, denen Ich den Freiraum für ihr sich verkreisendes Bewusstsein frei heraus erschuf.

Hast du dich verstiegen steige Ich zu dir hinab, um deines Wesens Glanz und Glorie geschwind und kommentarlos zu erretten und in Meinen Liebeshimmel zu erheben, so wie es ihm gebührt und für immer zu Glückseligkeit und Daseinswonne führt.

1.4

Mehrheitsfähigkeit zu schaffen Bin Ich auf dem Plan und schiebe überall die Seinsbewusstheit an, um sie allweit tüchtig zu vermehren. Dazu braucht es starke Nerven und ein breit gefächertes Gemüt, um durchzudringen und den Völkerscharen Friedefertigkeit zu bringen, resolut und sonnenklar.

Mein Kantus reicht von A bis Z und von den Fürstenhügeln bis ins Tal hinunter, wo die Unvernünftigen und Seelenlosen wohnen.

Erinnerst du dich an die Zeiten, die dir Geistgesellligkeit und frohe Kunde brachten von dem Sein an sich, in das du eingetaucht und eingebunden warst, in liebevoller Weise Mir ergeben. Das bescherte dir spontan und seinsgewiss den Zug nach den unendlich weit verstreuten Gütern, die dir allesamt in Meinem Namen angehören.

Gutwillig musst du sein, um all das zu empfangen, was Ich dir vermacht und zugeeignet habe. Im Moment magst du es brauchen oder nicht, doch irgendwann wird es dir nützlich sein für deinen

Lebensstil wie für die vielen Unternehmungen, die dir alleweil am Herzen liegen. Sie verfolgen dich auf Schritt und Tritt und lassen dich nicht eher ruhn, bis sie verwirklicht und damit ein Teil von Mir geworden sind in Allertragen.

Personifizieren will sich alles, was da *ist*, und was im Glauben lebt, etwas Nützliches zu sein und ein Glorioses für das Weltsein zu bedeuten. Das ist durchaus begreiflich, doch muss auf die Dauer alles Eigensinnige und -brötige im Zeitverlauf gebührend von dir weichen, damit du dich dem Allgemeinen weihen kannst und in ihm aufgehst und gedeihst wie niemals noch zuvor.

Konkret gesagt, vermagst du selber nichts und Ich vermag in dir und mit dir eines Weltreichs Glorie, Glaubwürdigkeit, Gelassenheit und Liebenswürdigkeit zu schaffen, seelenvoll, wahrhaftig und aufs Äusserste gediegen.

Komm doch zu Mir, uns beiden ist der Schneid sowie die Schnittigkeit gegeben, als Versierte und Bewehrte aufzutreten in der Seinsarena, die für jeden Hintersten, Verlassensten und Unbedeutendsten ein Plätzchen findet. Dort wird er sich behaupten in der Art der Wellenbrecher und Bewussten der Allherrlichkeit, in der er sich befindet und durch`s gloriose Dasein dirigiert. Was immer du dir merkst von Mir und Meinesgleichen, bringt dich ans Glückselige heran, das Ich Mir Bin und dir im allgemeinen Sein soll werden.

1.5
Wie glaubst du bestens durchzukommen, ohne denn im Mindesten zu wissen wie? Dir scheint noch das Entscheidende zu fehlen, das gebraucht wird

für den Aufstieg, Auftrieb und den Richtwert in das Jenseits aller dinglichen Beschwörungen, Parteilichkeiten und vermuteten Befunde.

Damit der Durchbruch dir gelingt, braucht es ein profundes Wissen um dein Daseins Plansoll und Erfühlen, somit oder so. Deine Rechnung geht erst auf, wenn der Wirt erscheint mit seinen aufsummierten Zahlen.

Es wäre schön, wenn du wie über Nacht am Ganzen teilzunehmen wüsstest infolge richtigen, blitzblanken und bereinigten Benehmens.

Bist du scheu, ist das noch nicht verhängnisvoll, aber scheust du dich, die Wahrheit frei herauszusagen, bricht Mein Vertrauen in dich wie ein brüchig Rohr entzwei und die Verbindung ist gekappt solange, bis Ich dich in diesem Sektor wieder vollends spuren seh.

Geht es mit dir, so wie im Buch, dem Ende seinsgerecht entgegen, verleihe Ich dir Riesenkräfte, um die letzte Prüfung mit bewundernswerter Sachlichkeit, Geduld und Narrensicherheit zu überstehn. Es ist ja so, dass dein bewusstes Sein, wie befreit aus viel zu eng gewordenem Verlies, hinaustritt in die lichterfüllten Universenweiten, die von Meinem Wesensein erfüllt, belebt, beglückt, harmonisiert und wach gehalten sind für Ewigkeiten.

Ich führe dir vor allem vor, wie es sich mit Mir verhält in den Verhältnissen des wonnevollen Seins und silberhellen Sagens. Dein ist, was Mein, in derselben Auffahrt ins unendliche Gedeihen, wie sie längst und immer friedevoller und konkreter, erbaulicher und liebenswürdiger mit Mir geschah.

Ich offeriere dir Mein Sein in freiem Über-Mich-Verfügen. Und nimmst du es voll Freude an, so steigst du effektiv und seelentief aus dem Illusorischen des Erdenseins in`s Wirkliche des universenweiten Dich-im-Sein-Erleben.

1.6
Resurrection ist jeder Menschenseele ungemein beglückend und erfolgreich dann beschieden, wenn sie sich für den Fortschritt reif gemacht und eingerichtet hat in ihrem Nach-dem-Höchsten-Streben. Was ist das für ein Aufwall, wirst du füglich fragen, wenn *Ich* dich durch allerhand Manöver, Mutwilligkeiten, Sanktionen und Manierlichkeiten dazu bringe aufzuhorchen und schlussendlich Meinem Einfluss zuzustimmen über deine Lebens-lust und -landschaft hin.

Konsolidierung nenne Ich, was dazu beiträgt, etwas in dir griffiger, gewitzter, passabler und gefügiger zu machen, selbander mit Mir und dem, was Ich an Seinserfahrung und Gewissenhaftigkeit, Ent-schiedenheit und Selbstbewusstheit angesponnen und vollendet habe. Weise bist du, wenn dein Sinn und Sinnen mit dem Meinen sich auf Du und Du versteht und sich von keiner schäbigen Ver-nichtungskraft zur Unlust, Untat und Rebellion verführen lässt im Dort und Hier.

Ich kreise dich mit eherner Bestimmtheit ein, um den Ausbruch aus dir selbst aufs Entschiedenste zu fördern, womit du dich in Meinen integrierst und damit der Glückseligkeit verfällst, die Ich schon immer intus und gepflegt und hochgehätschelt habe.

Ich weiss, was dir gebührt, seitdem Ich deinem Wesen den gewissen Feinschliff, Commons und Relieve verpasst und eingetrichtert habe. Alles, was mit Mir zusammenhängt, gewährt dir Freiheit in gottesseligem und gottgewolltem Über-dich-Verfügen und bewirkt, dass du dich am Lebendigsein erlaben kannst in grandios gewordnen Meisterzügen.

Noch mag jeder Zweite vor dem Gottesgeist-Besitzen schmählich und bedauerlich versagen, doch in diese Falle wirst du niemals tappen, weil du dich von Mir beschützen lässest, so wie so, und dir *Meine* Heilkraft alles, und noch jede andre, nichts besagt in deinem Resümee von gottgeweihten Taten. Es ist die Sinnkraft, die Ich dir vergebe und die dich ernst und glücklich werden lässt in deiner blanken Haut wie im Gewissen deines wonnevollen Dich-im-Sein-Erleben.

1.7

Vollkommen seinsgerecht und unvermittelt hast du dich in Meinen Bann begeben, um darin deine Ruh wie deinen Ausgleich in der Macht des Weltenspiels zu finden.

Du regst dich nicht mehr auf, wenn viele ihr Misslingen trotzig in die Welt hinausposaunen. Dein Credo ist schon längst das Meine, höchst verheissungsvolle und befriedende, geworden, und deiner Gradheit und Entschiedenheit fürs Ganze ist nichts Weiteres hinzuzufügen.

Von Meinem Heil beseelt, darfst du dich jetzt schon wie im Paradiese fühlen und deiner Tage seidenweiche Spur von Gottes Herrlichkeit und Milde, Wohlfahrt und Erhabenheit begleitet sehn.

Dein Geistesblick schweift hochbegeistert in die götterlichten Weiten reinen Raumgefühls und dein Seelensein erinnert sich an das, was einst wie jetzt an Mir wie dir begeisternd und vollendet war.

Deine Zeit zerrinnt in seelenvollem Schweigen vor dem Unerhörten und unendlich Liebenswerten, dem Ich Mein Leben und Gedeihen, Meine Anmut wie Mein federleichtes Fantasieren wonnevoll vergab. In Meinem Geiste tragen dich die graziösen Lebenslüste ständig himmelan und offenbaren dir, was Mich begeistert und beseelt, im lichtbegnadeten und universenweit gewordenen Allhier.

Was immer Ich im Sinn des heilen, hoffenden und götterlicht gewordnen Weltseins unternehme, trieft von kunstvoll ausgebreiteten Allüren reinen Seins, von dem nichts anderes und Heitereres zu erwarten ist als Wonne des Genesens an sich selbst. Die bezaubernden Ideen sind es, die es sich in äonenlangem Wirken und Gedeihen tapfer und entschieden zugelegt.

In allem will Mein Sein und Sinnen unbedingte Wohlfahrt und verheissungsvolles Adaptieren von den himmlisch aufgemachten Werten, die da *sind* und die zum Allerlieblichsten und Meisterhaftesten gehören, das sich einer denken kann, in der Unendlichkeit des Welterfahrens.

So auch du sollst ständig, was Ich Bin, gewahren und daraus die rechten und bewundernswerten Schlüsse ziehn. Das wird dann zu deinem Ideal im Leben wie im Sein und deinem Allem-Zugehören.

1.8

Ich Bin das Ich der Welt in wunderbarer Seins-
gesetzlichkeit und Tugend, ewiger Jugend, Selbst-
erfahrung und beseligender Harmonie. Meine Griffe
und Begriffe greifen ins Unendliche der Weltensphären und begreifen sich an dem, was Ich Mir Bin,
in der Gewissheit Meines Geisteswesens.

Was *Ich* verstehe, kann sich keiner weder vor noch
hinter seine Öhrchen schreiben, was Ich will,
versteht sich an dem, was Ich schon angerissen und
vollbracht, in die Welt gesetzt und in ihr ausgebadet
habe.

Das klingt so süss, ist aber Knochenarbeit von der
feinsten wie der hartgesottensten und radikalsten
Eigenart, die Mir schlussends zugute kommt wie
dem Allwesen, dem Ich offensichtlich und sein Heil
begründend innewohne.

Du schlägst dich wie im Traum durch deine Büsche
und ahnst nicht, dass Ich dich auf Schritt und Tritt
verfolge mit der Akribie, die geniale Schöpfergeister
in sich kultivieren. Das trifft auch für dich in reichem
Masse zu und kann dir unendlich nützlich sein,
wenn du dich zum x-ten Mal im Dorngestrüpp
verfangen hast, das deine Wege mit Gefährlichkeit
belegt.

Es trifft sich gut, dass du für einmal dein Gehör für
die Gedanken offen hältst, die Ich dir ins Gewissen
rede und die dich schützen und erbauen wollen auf
der multiplexen Wanderschaft zum grandiosen
Gottesziel.

Siehst du Mich am Weltenwerk, so kann dir das um
seiner Grösse willen einen rechten Schrecken in die

Pulse jagen. Doch die Überzeugung, dass Ich überall derselbe Inspirator, Kreateur und gütige Gestalter Bin, hilft deinem Sosein, stets vertrauensvoller, liebevoller und gerechter deine Schicksalspflichten zu erfüllen. Alle sind sie von Mir postuliert und vor deinen Sinn getragen, um dich dicht an Meinen Seinsgewinn wie Meine Sehnsucht nach Vollendung anzubinden. Das geschieht im resoluten Hinblick auf die Freundlichkeit und Wohlgelungenheit von Meinen Siegestaten.

Ich weiss, was Ich Mir vorgenommen habe und will es dich auch wissen lassen, dass es dir zum Heil gereicht, wie auch zur Herzenswonne im unendlichen Dich-selbst-Erfahren.

1.9
Online mit Mir bleiben, dazu halte Ich dich ständig an mit Meines Götterwillens Wucht, Galanterie und Überragen. Siehst du das auch so, so kannst du ruhig bleiben, wie du Bist, doch andernfalls gilt es für dich, noch aberviel zu leisten im Erfüllen einer Pflicht von überirdischer Natur.

Von Mir aus will Ich dich an gar nichts binden, doch du bindest dich in eigener Regie an tausend Dinge und Gepflogenheiten unstet, unwahrhaftig und korrupt zu sein in deines Kirchhofs Seinsplantage.

Das Wesentliche hängt bei dir zu oft an einem Fädchen, derweil dich schwere Stricke mit den laufenden Verstrickungen liieren, denen du nur allzu viel Bedeutung zugestehst.

Was in *Meinem* Sinn mit Q beginnt, sollst du nicht mit P beginnen, und was Mir für dich gut scheint, darfst du nicht so mir nichts, dir nichts von dir weisen, sonst geht dir der Fisch bachab, den Ich mit dir teilen will, in deinem seinsnaiven und gut bürgerlich verbrieften Naturell und Gauklerleben.

Sei dir bewusst, dass du Mir nichts vor-, jedoch viel nachmachen kannst, wenn du nur deine Öhrchen spitzest und dein Fell von Flöhen reinigst, die sich frech und jählings bei dir eingenistet haben.

Ich habe es nicht nötig bei dir Tante Emma oder Ähnliches zu spielen, denn Mein Sinn steht nach Entfaltungen von kosmischem Bedeuten. Kriegst du Hühnerhaut vor diesem Aufruf und Begehren, kann *Ich* sie dir auf Meine Art planieren, wie Ich den Lebensdingen auf den Grund wie auf den Nerv zu fühlen fähig Bin im Zähneziehn.

Multiplexes greif nicht eher an, als bis du Eingleisigem erfolgreich auf den Leib gerückt und es zu Seinsvollendung und Zufriedenheit entwickelt hast in deinem kühnlichen Verlangen.

Kraut und Rüben willst du nicht verwechseln, Mich und Meine vielerlei Gestalten aber schon. Dabei soll es dir genehm sein, dass Ich immer nur der Eine Bin und deinem Wonnesein Relieve und Vorschuss, Glückseligkeit und Harmonie verleihen will seit Ewigkeiten.

1.10

Immer Bin Ich inniglich dem Sein verpflichtet, das Ich Mir angelegt und dem Ich Mich mit Haut und Haar verschrieben habe. Was Grosses ist mit Mir geschehn, seitdem sich Meine Wangen rosenrot gefärbt und nach Meinem Seinsbedeuten aus-gerichtet haben. Natürlich trifft es zu, dass noch längst nicht alles an Mir flott und flügge ist, so vieles aber schon, dass es sich weidlich sehen lassen kann im Weltenaufwall und Betrieb.

Ich leiste Mir so vieles, was sich niemand sonst auch nur im Ansatz leisten kann, und sei's in Millionen. Dafür hingegen schreibe Ich dir x-fach zu, was du im Minikrimen unternommen und vollendet hast in deinem Eifer, Graziöses zu gebären.

Ich treibe bis zur Spitze, was Ich irgendwo im All verwirkliche, und hebe manchen Countdown auf, damit dafür die Wesenskräfte spriessen können, jede nach der Eigenart, die ihr von Mir und Meiner Redlichkeit, Redseligkeit und Meinem götterlichten Ritual beschieden.

Mein Ein und Alles muss in Kürze deines werden, damit sich die allweite Evolution nicht in die Überlänge zieht und damit allgemach versandet und verlandet im labil gewordnen Seinsbetrieb.

Was Ich punkte, setzt sich sinngerecht zu einem Strich zusammen und der Strich zum Raum, in dem Ich walten, schalten und gewalten kann nach Fug und Recht und eigensinnigem Belieben. Diese Art zu wirken sei auch dir ins Stundenbuch geschrieben, womit du einen Ansatz findest für dein Wohl und Wehe in den viel besungnen und gelungnen Geistessphären.

Dort fängt schliesslich alles an und verdichtet sich zu dem, worauf du sitzest oder stehst und schliesslich flöten gehst, bis Ich dich liebevoll zu einem neuen Lebenslauf berufe. Das ist für dich, Mein Schatz, Mein Ansatz und Mein Ziel und will dich davon überzeugen, dass Ich mit dir nur Gutes und Erspriessliches, Qualifiziertes und Erhabenes im Schilde führe.

Bist du von Mir gebildet, bilde dich nun weiter aus im kunstvoll, fabulös und richtungweisenden Agieren. Schliesslich soll dir keiner mehr von Mir die Stange halten müssen, weil du dich selbst regierst in wonnevoller Selbstverständlichkeit, Natürlichkeit, Erquickung und gottseligem Erlaben.

1.11

Was brütest du beständig über deinen Büchern, wo du doch in Meinen, seinsnatürlich aufgemachten, frei heraus erfahren kannst, was du benötigst für dein seelenvolles Leben. Setzt dir etwas zu, so setze Ich Mich dir zur Seite, und beschwichtige dein abenteuerliches Aufbegehren. Meinem Hofrat hast du es beständig zu verdanken, dass du weisst, worum es geht, und dass du dich aufs Trefflichste behütet fühlen kannst, unter Meinem allweit über dich gebreiteten und wohlbereiteten Odeur. Du gewinnst beständig an Erfahrung himmlischen Geblüts, wenn du dich nur der liebevollen Wachsamkeit ergibst an Meinem Tor zur Wunderwelt des Seinsgenügens.

Ich halte stets dafür, dass Meine Schäflein frisches Wasser kriegen, dessen Duft und Süsse Meinen Namen trägt des Andersartigen vom Altgewohnten im Allhier. Meisterst du dein Leben, so kannst du es in Meinem gängigen Verfahren noch viel meisterlicher und umfassender gestalten, als es immerhin schon war.

Meine Füsse treten leise auf, so dass du kaum bemerkst, wenn Ich dir am Tage oder nachts begegne, um dein Seelenheil zu stärken und dich fit

20

zu machen für den Aufstieg in Mein Hochgebirg im Weltenpanorama, das Ich feierlich und frohgemut um deinen Sperberblick gelegt.

Mir kommt es vor, dass dir nur wenige, gezielte Schritte noch genügen, um zu Meinem Ziel und Meiner himmelhohen Zartheit zu gelangen. Dort darfst du dann in Meiner Gottesminne schwelgen und dich wie verwandelt fühlen in des reinen Seins und Sinnens Perspektive von Erhabenheit und Würde am unendlichen Genesen.

Dir will Ich gut, Mein einzigartiges Bijou, das Ich im Herzensgrund behüte und bewundere, derweil der universenweite Weltenschmuck doch Mir gehört.

Nur immerzu der Freude offenbar sollst du Mir sein, die Ich mit dir im Dasein still und schöpferisch ertrage und erdulde, um des grossen Heilens willen, das in allem dennoch wonnevollerweis geschieht.

1.12
Wie beurteilst und bewältigst du das Weltsystem in deinen juvenilen wie in deinen altersbrüchigen und zittrigen Tagen? Geschwind nimmst du das Mass hervor mit dem du alles, was da *ist*, zu messen dich gewohnt bist, blitzschnell und skandalös. Ich hingegen halte strikt dafür, dass niemand sich erdreistet, Mich den Allgewaltigen zu kritisieren oder gar verdammen zu wollen.

Meine Breite ist so lang wie nie zuvor und gliedert sich in Einlauf, Mittelfeld und makellosen Abgang in den kühnsten Variationen. Das solltest du gesehen haben, wie Ich Meine Schau sowie Mein Denken, auf Erfinden neuer Möglichkeiten stilisiert, getrimmt und zugerichtet habe, um gewinnend und gewandt, fabelhaft und kernig zu agieren.

Meine Mahlzeit misst sich an dem Mahlwerk, das Ich auf gesund, bekömmlich und verlässlich eingestellt und ausgerichtet habe. Da kann selbst das reizendste Dekor Mich nicht dazu verführen, abzuschweifen von der Richtung auf Beständigkeit, Behutsamkeit, Manöverskill und Intuition.

Was Ich Mir vorgenommen habe, ziehe Ich in eleganten Schwüngen fort und fort, bis es in wirklicher Gestaltung vor Mir dasteht in verehrenswerter Pose.

Pustest du, so puste alles aus, was dich brennen oder sengen will auf deiner Blustfahrt ins Verständnis deiner Zuversicht und Choreografie. Gestillter Wind ist bei Mir angesagt, wenn Ich Mich erholen will von den Strapazen, die Mir Meine Unternehmungen bereitet haben. Der Herzensfriede rieselt sanft und seligmachend auf Mich nieder und erfüllt Mein Sein mit der Gewissheit, dass Ich ewig Bin, und unauslöschlich bleibe, Meines Götterwesens Dichte und Gewähr für Wonne und Wahrhaftigkeit. Dies geschieht in dem unendlichem Verhältnis, das Ich mit dem Sein und Sinnen, Enden und Beginnen, Säen und Gewinnen eingegangen Bin.

1.13

Macht es dir etwas aus, von nun an alles, was da ist, geflissentlich zu hinterfragen, nach dem Sinn und seiner Brauchbarkeit, im längelangen Leben. Ich rechne es dir hoch und heilig an, wenn deine Züge sich nach Meinen richten und deine Laufbahn sich der Meinen angleicht, bis aufs Tüpfchen auf dem i.

Willst du es dir behaglich machen, schaue vor dem Ausgehn nach dem Wetter und ziehe dem entsprechend warme oder sommerliche Kleider an. Kluge Voraussicht wird sich jederzeit als nützlich und befriedigend erweisen, ganz besonders aber, wenn sie Mich betrifft und Meinen überird`schen Zauberladen.

Zwar bremse Ich dich aus, wenn du wie ein Verrückter über deines Nachbarn Nebensträsschen bretterst, doch auf dem eigenen musst du dich selbst vor Unheil und Malheur bewahren. Dein Tun und Treiben wird zwar von Mir strengstens kontrolliert, aber fahren lasse Ich dich trotzdem, um des Freiseins willen, das ich dir vor aller Zeit versprochen und zugebilligt habe. Ich rechte nicht mit dir in Sachen Aufwall und Versagen, aber Ich versuche, das von dir Verbrochene nach Fug und Recht zu heilen, damit dir die Erfahrung doch zugute kommt in deines Lebens Pirsch und Praktikum in eigensinniger Regie.

Prächtig singen dir die Vöglein ihre Liedchen vor, doch du scheinst keine Zeit zu finden, ihrem Minnesang zu lauschen, der dich zur Zartheit führt, mit der Ich lebenschaffend operiere. Überhaupt ist es dir aufgegeben, dich immer mehr dem Hinter-, statt dem Vordergründigen voll Eifer zuzuwenden, damit die Wirbel deiner Tage sich zur Ruhe legen und dein Herz die Friedefertigkeit verspürt, in der Ich Bin und Mich geflissentlich erlebe.

Mein Soll ist dann aufs Zierlichste und Zärtlichste erfüllt, wenn Ich Mich ständig vorwärts, und zugleich im reinen Sein beruhend, trage. Das soll auch dich zum Ideal sowie zum seinsgerechten Duktus führen, in des Lebens Formung, Feinheit und Fanal.

Was immer du vertrittst, soll Meiner Tritte Gangart imitieren, um schlussendlich zum Selbander allen Tuns zu führen, das wir hoffnungsvoll beginnen und im Wonnesein vollenden im unendlich lichterstrahlenden Allhier.

1.14

Bist du dir selbst verdächtig und bewusst geworden, unterliegst du dem Gesetz der Erdenschwere und Manierlichkeit nicht mehr. Du kannst fliegen und im reinen Denken siegen über alle Widerwärtigkeiten, die dich mit so bitterem Nachgeschmack behelligt und behindert haben.

Merke dir die Sieben, denn sie ist die Gotteszahl für vieles, was da abläuft und Gewinn bringt, in den Geistessphären. Notabene kann es auch die Drei sein, je nach der Dichte der Geschichte, die von einer Zahl begleitet und markiert wird, um das Leben vollends zu erklären.

Ich wende Mich dir zu mit der Bescheidenheit, die wahre Fürsten intus haben.

Kreieren heisst in Meinem Jargon: dreimal auf die Pauke hauen und schon ist, per Zauber, das Erwünschte da, um Mich und alle Welt mit Freude, Dankbarkeit und Lebenswonne zu berühren.

Abgezirkelt und verblüffend siehst du eine Zeichnung vor dir liegen, wie von Geisterhand im Nu geschickt und schwungvoll hingeworfen. Das ist Meine Art, das Dasein unablässig hinzublättern mit

Gewagtem und Gewolltem, Ausgezeichnetem und Virtuosem sonder Zahl.

Geruhst du, deine eignen Wege auf dem glitschigen Parkett zu zelebrieren, schauen dir zahllose Gaffer zu und hoffen, dass du baldigst auf die Nase stürzt erleidend Bruch und Weh.

Bist du zum Diener an der Wesenswelt geworden, geht dir alles Wohlgemessne spielend von der Hand und besänftigt manchen Herzensaufruhr, eh er recht an Fahrt gewonnen. Deine mannigfachen Ziele siehst du unter Meinem Fittich grandios, grossmütig und verehrenswert erscheinen. Das trägt dir allerhand Bewunderung entgegen, die du nach wie vor so nötig hast, wie süsse Brötchen, um das Magenknurren zu beheben.

Wohnst du in Wolken, fällst du bald auf schauerlichen Grund hinab, bei Mir hingegen darfst du Wonnevolles und Glückseligmachendes, Zeitenloses und Erhebendes erleben.

1.15

Ich werte auf und ab und hin und her, was immer es in guten Treuen zu verwerten gibt in Meiner ehrenwerten Seinsparade. Mein Ding ist es, der Werteste zu sein, im Universendenkmal, das Ich Mir zur ständigen Erinnerung gesetzt und im Weltraum etabliert und eingerichtet habe. Es träumt und räumt sich selber fort, was Ich vor Urzeit angesetzt und angezettelt habe. Das ergibt Myriaden von bewundernswerten Variationen, wie verblüffend träfe Lose, aus dem Riesenpool gezogen.

Ich mute Mir dies alles zu um der Fähigkeiten willen, die Ich in Meinem Mund- und Muskelwerk beständig und inständig spüre. Was immer Mich und Meinesgleichen kitzelt, muss behände abge-kratzt und zur vollendeten Figur und Fabel auf-geblasen werden. Ich stimme allem zu, was Fantasie und Witz, Getragenheit und Schöpfer-willen offenbart, in dir, wie deinen musterhaften Seinskollegen.

Immer deutlicher schält sich aus Meinem wohl-gefütterten Fantastikum ein Wunderwerk heraus an Güte, Glorie und Lebenslust, vor dem die Leute staunend stehenbleiben, um ihm Achtung, Beifall und Relieve zu zollen, nach so viel spannendem Erwarten.

Was immer gängig ist, wird Meinerseits in Gang gebracht und für Jahrtausende aufs Beste unter-halten, damit es seinen Zweck erfülle und trotz allem Zwicken sich in seiner Eigenart zur wahren Pracht enthülle, ruhmbedeckt und makellos im Grünen.

Ich weide Mich am Seinsintimen ebenso wie an öffentlichen Plackereien, die so viel wie nichts Wahrhaftiges zu bringen pflegen. Von Mir geklärt wird schliesslich alles, was vordem noch eingetrübt, wurmstichig und zerstritten war. Meine Bande sind ans Weltenherz gebunden, dem Ich Wachheit, Wahrheit, Puls und Puff verleihe, aus Mir selbst geschnitten, wie es seit dem Seinsbeginnen war.

Modulationen sind Mir alleweil begeisternd ins Gesicht geschrieben und verströmen Manieriertheit, Brauchbarkeit und Disziplin in wonnevoller Eintracht mit dem Guten, das Ich Bin, und dem Ich ständig Meinen götterlichten Beifall zolle.

1.16

Willst du dich wohl in deiner Haut erfühlen, muss sie geschmeidig und empfänglich, wohlwollend, druckfest und empfindsam sein, damit der Lebenswelten Sturm und Drang darüber fahren kann, ohne ernstliches Gefährden oder ihrem Glanz und Strahl ein irres Frösteln zuzulegen.

Ich verbinde, was Ich immer kann, mit einem Lächeln der Genügsamkeit am Sein und Leben, das Ich zur Wohlfahrt aller auf den Tisch des Vaterhauses lege. Nur Gelöstheit und Entschiedenheit kann wahre, bare Freude in das Leben zaubern, das du führst und das von Mir voll Wonne umgetrieben wird im Sinne parakletischer Propheten.

Schlussendlich sind dein Heil und deine gute Weile nur in Meinem Katalog zu finden, der auf alles Rücksicht und Voraussicht nimmt, was eben so passieren oder nützlich sein kann in des Lebens sinnlichem wie übersinnlichem Prästieren. Breitspurig tret Ich auf, wo tiefgefasste Furchen nötig sind, um safterfüllte Früchte massenhaft hervorzubringen. Das gibt dann ein Fest des wohlgelungenen Verhaltens in der Gunst der Zeit, die Ich bestimme und gewinne, für das Volk, das Mir im besten Sinne wohlgesinnt ist, krisenfest und schicklich untertan.

Was immer Ich behaupte, folgt dem Faden reiner Gottesgüte, Rarität und purem Raisonnement, die Ich sinnend und gewinnend auf die Weltenwaage lege.

1.17

Dein Wachsein ist unmittelbar mit Meinem, wie mit Meiner Seinsgedankenkraft, verbunden. Du spürst es, kannst jedoch noch nicht entsprechend darauf reagieren. Ich aber Bin nicht so. Mein Dasein zielt darauf, sich lang und breit zu machen im Gedankenfluss der Myriaden, die gerade deshalb inkarniert sind, um aus Meiner Hand den lichten Hauch der Seinsgerechtigkeit gebührend in Empfang zu nehmen.

Du verbringst die Lebenszeit mit Werken, Wirken und mit allerhand Allotria, derweil Ich seelenruhig Seinsgedanken spinne, die sich in sich selbst verblüffend rasch beleben.

Siehst du Gespenster, sind sie deinem eigenen Valeur, Malheur, Mutwillen und Verhängnis zuzuweisen. Da macht es Sinn, dass du dich an Mich wendest, um sie schleunigst und für immer loszuwerden. In Meinem Umkreis des Mich-selbst-Erfahrens sind die Segel sanft vom Wind gestrichen und von seinem linden Hauch vertrauensvoll und zart zum vielersehnten Ziel getrieben. Kein Felsenriff und Griff vermag Mich ernstlich in Gefahr zu bringen, weil Ich aus der Fülle Meiner Seinserkenntnis bestens navigiere und jedwelche Fährnis figalant und vorteilhaft im Nu pariere.

Auf diese Art und Weise will Ich weiter Meine Universenkreise ziehn und ihnen, als ein Kürassier der Hoffnung, Kraft und Sicherheit verleihen, bis auf's Blut.

Mein Bestand wird ständig aufgewertet und zu einer Höhe stilisiert, die imponiert und manchem Blick Bewunderung entlockt in wohlerwognen Massen.

Da ist die Sehnsucht nach gebührendem Dichselbst-Erheben. Willig, billig und gehorsam soll bei dir der Aufstieg in Mein Weltsein und Relieve vonstatten gehn. Das bedeutet für dich, Seinsvertrauen und Gelassenheit im Blick zu haben, als ein Vorbild für das Weitergehn und *Meinem* Sinn gemäss zu reüssieren. Die Spannung wächst und legt sich in der Folge friedvoll nieder, derweil die Lebensfreude durch die Seele rieselt und ihr Sein zur Seligkeit und Andacht vor dem Allerhöchsten stilisiert.

1.18

Mein Wissen will von Mir ins Weltsein transferiert und in ihm als ein Goldschatz überall verbreitet werden. Willst du das bedenken, lenke Ich es auch zu dir, um dich sattelfest zu machen auf dem generationenlangen Raid und Ritual durchs Leben.

Ich beschwichtige, was dich als Kernproblem berührt und aufwühlt Tag für Tag, im Fortlauf deiner Ahnengalerie. Geschwind muss heute alles vor sich gehn, doch morgen liegt es schon beim alten Eisen, kaum bemerkt und lässig ausgeschieden. Wenn das nicht Verschwendung ist in corpore, lass Ich Mich gerne eines Besseren belehren.

Was die Toren sich erlauben, sollst du nicht kopieren und dem Banalen dich verschreiben, statt deinen Werten nachzuspüren in der blanken, benedeiten Tat. Mein Betriebssystem ist ausgelegt für alle Fälle, die für dich als relevant und aussichtsreich erscheinen mögen. Du laborierst und fuchtelst tatenfroh in ihm herum, als wäre es dir schon ins Wiegensein gelegt und darin approbiert und hochgehalten worden. Nun gilt es für dich, ihm gehörig auf den Zahn zu fühlen, um von seiner kräftigen Substanz so viel wie möglich abzuzapfen in der Meisterschaft, die dich von Mir belebt.

Willig sollst du sein im Fach der kräftigen Impulse, die von Mir an deine Schale pochen, um sie ins Lässige, Durchlässige zu bringen, deinem Heil, wie deiner Heilung, sachgerecht entgegen.

Darf Ich dich bitten, deinem Innesein beträchtlich mehr als deinem Outfit zuzuwenden, um dich zu einem Supersprayer von gemässigten Gedanken und Erfindungen zu stilisieren. Das führt dann zur Erkenntnis, dass du mit den Daseinskräften, die noch brach und brüchig in dir liegen, unerhört Gediegenes und Wohlerwogenes vollbringen kannst in deinen jugendlich und frisch gebliebenen Lebensjahren. Deine Absicht soll der Meinen angepasst und angemessen werden und deines Geistes Resümee soll sich konkret auf Mich beziehn.

Das führt zu Führung und Vertrauen und verankert dich im Wonnesein, das Ich allüberberall im Universensein verbreite.

1.19
Gehst du in Klausur, so soll es dir bewusst sein, dass dein Wesen anderen Dimensionen, als den altgewohnten, unterliegt und sich ihnen stellen muss im Andersartigen. Guter Dinge sollst du sein, wenn dich der Strahl der Götterherrlichkeit erfasst und dir Gedanken einflösst von erhabenem Ge-schmack aus Meiner geisteswirklichen Kombüse. Mein Dasein zerrt an deinen Leinen, die dich im gewöhnlichen Verlies festhalten wollen, bis sie sich dem steten Zug ergeben und dein Dich-Besinnen in die Universenweiten fahren lassen, kreuz und quer.

Dein Befinden findet sich getrost, gutmütig und galant in Meiner Hemisphäre überragender Gerechtigkeit am Dasein und Dich-zur-Allherrlichkeit-Gesellen, die Ich Mir selber Bin im geisteswirklichen Verhalten.

Was Ich hier betone, tönt im gedanklichen Vibrieren durch das All, dem Ich seit eh und je verpflichtet Bin, in seinen unermesslichen Dimensionen. Meine Geltung gilt als absolut und geistesgegenwärtig, mit Mir selber kongruent und kompetent, umfassend und salut durch sie. Die langen Leitungen hab Ich gekappt und lasse nur die kurzen gelten, in das Zeitenlose eingebracht.

Willst du Mich begreifen, musst du schon durch andere Dimensionen, als die längst gewohnten streifen. Es sind dies Geisteswirklichkeiten von gediegenem Format und von einer Fülle, die besticht und dich in Meinen Himmel dirigiert. Dies geschieht bedenkenlos und unvermittelt, wie es sich die Weisen und Erhabenen gewohnt sind, im begeisternden und geistbegabten Seinsbetrieb.

Mein Verlangen geht dahin, die Gabe der Verheissung grosser Zeiten zu erlangen, die Mich stählen und erwählen zur Vereidigung auf das gewisse Etwas, das für alle in der Luft liegt und erst von den Auserwählten eingesehen ist, in weitausholenden Gedankenbögen. Mein Finish findet sich allüberall, wo Räume sind und wo Ich unvermittelt herrsche als die tonangebende Instanz im Weltensein, das Ich Mir treulich und gekonnt zugute halte.

Das ist der Gipfel der Wahrhaftigkeitcv sowie das Wonnesein für alle Gläubigen in Mir.

1.20

Was dir fehlt, kann Ich mit Schwung und Rasse, Feingefühl und Zuversicht im Nu ergänzen, um dich so recht in Fahrt und auf die rechte Fährte zu buxieren. Mein Spruch ist wahr wie Anton und ist von dir und deinem Umfeld ohne Widerspruch und Aufwall anzunehmen.

Ich kläre alles ab, was *ist* und belehre dich darüber, wo du noch in Trüben fischst und damit die Leute übervorteilst, die dir ihr Vertrauen schenken. Nie sollst du dich äffig und verspielt benehmen, damit du nicht mit denen, die durchs Baumwerk turnen, radibutz verwechselt wirst ob deinem unanständigen Benehmen.

Sprichst du aus, was dich bewegt, so kann Ich dir dazu Mein Hochgebot getrost zur Seite stellen. Dir selber mag das wenig nützen, deinem Nachbar aber schon, der geflissentlich zu dir hinüber schielt beim Blattumlegen.

So gibt es immer was Beschauliches zu tun, in Meiner seinserfüllenden Staffage, und bringt dich das in Rage, rate Ich dir, den Vernünftigen zu spielen, bis dein Mütchen nicht mehr kocht im stilisierten Handumdrehn. Das wirkt dann so, dass du dich als saniert betrachten kannst und in Meinem Geiste bestens aufgehoben. Hin und wieder flackert noch ein Revolutiönchen, doch im Allgemeinen fühlst du dich in Meinem Wonnesein recht wohnlich eingerichtet und ins Weltensein erhoben.

2

Mit Wucht und Wehrkraft
auf die Pauke hauen

2.1

Wer besitzt schon einen Edelstein, ohne noch, wozu er dient, zu wissen? Kannst du glauben, was so liebenswert und willensstark begann, soll nun im Chaos enden, nee. Ich zähle Mich zu denen, die niemals plumm und pleite gehn und denen nichts zu viel ist, um geflissentlich zu reüssieren auf der Fährte, die zur Seinsvollendung führt.

Wenn es sein muss, Bin Ich jovial, wenn die Gegebenheiten es verlangen, haue Ich mit solcher Wucht und Wehrkraft auf die Pauke, dass das Fell darüber zu zerreissen droht. Niemand kommt Mir bei, wenn Ich regelrecht gestartet Bin und Meinen Weg mit Inbrunst und Entschiedenheit verfolge, sei er noch so diffizil und folgenschwer.

Was mutiert, hat den enormen Vorteil, dass es kaum zu fassen ist in der rasenden Bewegtheit, die ihm eigen. Da kann nur Ich noch helfen, als Creator Mundi, dem alles wohlgelingt in seiner Willfahrt und Verständigkeit in corpore. Unbill wird niemals von Mir verworfen, sondern stets zum Anlass und Versuch genommen, neue Werte aufzubauen und die gängigen zu stärken in der Wohlfahrt und Entschiedenheit, die ihnen eigen.

Hast du dich getrennt, verbinde Ich dein Schicksal wieder mit dem anderen, so wie *Ich* es wollte und für einen Augenblick nicht mehr geschah. Behutsam geh Ich vor und bringe das zurück, was einmal gang und gäbe war. Es geht ein Aufbau auf dem schon Gewesenen vonstatten, der sich bis ins Unermessliche erstreckt und Universenweiten öffnet und belebt von unerhörter Konsistenz, Glaubwürdigkeit und mustergültigem Benehmen.

Glaube nie, es sei nun alles, was da nötig war,
getan; Neues will zum Quellen schreiten und
Verbindungen bereiten, die von Nützlichkeit und
Wagemut, Vertraulichkeit und Willkraft triefen. Das
Erwachen steht dir kurz bevor zu einer Glorie des
Seins von unermesslichem Begaben und Behagen.
Das wird in der Zeiten Wahl und Wohl und Wehe,
Wohlverstand und Virulenz vonstatten gehn.

2.2

Betet, freie Schweizer, betet, heisst`s im Schweizer
Psalm und ist noch lange nicht veraltet für die Seele
in des Lebens Hauptquartier. Du magst es drehen,
wie du willst, ohne das Bewusstsein Meiner
Gegenwart bist du fürs Geistige verloren. Du schiffst
dich überall wo`s glänzt und glitzert, pfeift und rattert
recht gemütlich ein und hältst dafür, auf hohe See
hinauszufahren.

Dennoch spürst du, dass dir etwas fehlt in deiner
Lage und dass das Paradies noch lange nicht
verwirklicht ist im pöbelhaften Erdenpool.

Nun merke auf, was Ich dir im Gewissen statuiere:
was du ausser dir zu sehen und erleben glaubst,
das liegt in dir wie Mir und ist die Weltsicht, die wir
in uns tragen. Siehst du sie trefflich, ist sie für dich
so, und scheint sie dir verschroben, kann es ja nicht
anders sein in deinem illusorischen Juhee.

Was da ansteht, ist die Seinserkenntnis, die dich ins
Unendliche und Fabelhafte, Vollendete und Immer-
neu-Beginnende entführt. Das „Ich Bin" ist es in dir,
das sich in der Lust der strömenden Wahrhaftigkeit
verglutet und in dir das Paradiesische enthüllt.

Du brauchst nur ganz und gut gemeint nach *Meines* Willens Zuversicht und Kraft zu leben, um zu einem Ziel und Zunder zu gelangen von unübertrefflicher Gelassenheit, Gutmütigkeit und elegischer Geduld am Weltgeschehn. Sie öffnen dir die Seelenaugen und verwandeln, was du Bist, in ein Ganzes, dem schlussendlich alle, alle angehören. Im Allhier triffst du die edelsten der Geister gütestrahlend an und gesellst dich liebevoll zu ihnen, weil sie dir Erlösung und Relieve, Rendement und lupenreine Wohlfahrt bieten. Auf diese Weise kommst du wirklich federleicht voran und darfst dir neue Worte, Hymnen und Beseligungen ins Gebetbuch schreiben.

Ich Bin dein und du Bist Mir ein Unikum der Weltgewandtheit, wie des Seinserlebens, in des Himmels lichtem Blauen, wie in deines Herzens Harmonie und wonnestrahlenden Dich-selbst-Erleben.

2.3
Was genuin ist, sage *Ich,* und was genau, magst du in aller Ruhe oder Aufgebrachtheit rezitieren. Was dir zu nützen scheint, lässt schliesslich nur dein Ränzel fetter werden, deine Seele aber wird zum fleckigen und flickigen Kumpan, den niemand tröstet beim hausgemachten Schmoren.

Kein Gaunertyp ist zu beneiden, weil er unweigerlich von Mir gefasst und der gerechten Strafe überlassen wird im Rahmen Meiner gütestrahlenden Wahrhaftigkeiten.

Ich zähle auf, was dir nicht zugehört und muss dabei die Finger zehnmal brauchen. Aber dann ist Schluss, Ich nehme dich gesondert ins Gebet und lasse dich vor schadenfrohem Augen in die Spiesse laufen.

Mein Ansatz ist bestechend, dass dich strikte Ehrlichkeit und blendend weisse Mündigkeit zum Ziele, wie zum Herzensfrieden führt, den *Ich* dir noch so gerne gönne. Du siehst dich auf der Jungfernfahrt ins Glück der ewigen Beschauung Meiner Schöpferqualitäten in der bezaubernden Natürlichkeit im Grünen.

Ich sage eher nein, wo Myriaden Rufer in der Wüste sonnenbaden gehn. Woran das liegt, kann Ich im Innern regelrecht, tiefgründig und gewissenhaft erfahren. Dann fällt Mein Urteil wie ein Schlagbaum mitten in das Angesicht der Übeltäter, deren Striemen was von Schuld und Schuldigkeit unmissverständlich zu erzählen haben.

Gehst du spazieren, mag Ich dir die frische Sommerluft wohl gönnen, wenn du sie dir verdient hast, andernfalls tut sie dir schrecklich weh und lässt dich schliesslich unbarmherzig in die kühle Grube fahren. Hast du es eilig, kann Ich dir Siebenmeilenstiefel kaufen, mit denen du auch achtzig schaffst, weil deren Auftritt ohne Lärm geschieht und deren Abdruck ein dezentes Vorbild ist für viele, die nach neuen Wegen Ausschau halten.

Sofern du sie begehst, soll dich das nicht erstaunen, wenn dir das Leben wie beflaggt erscheint mit hunderttausend farbenfrohen Fahnen, die wie gemacht sind, dich zum Seelenheil im Unergründlichen zu führen. Du lässt alles stehn und liegen, wenn du erkannt hast, dass Ich Bin und dass du in Mir Bist in glückseligem Befund und hunderttausend Variationen.

2.4
Was traust du dir noch alles zu in deiner wähnenden Begierde, mehr zu wissen und zu sein, als du es bisher warst, vor und hinter Mir. Ausgerechnet du versuchst, das Weltall zu erkunden, wie du es von aussen siehst, derweil sein Inneres die Geistsubstanz enthält als Basis für das ganze Universenleben.

Querfeldein und auf und ab wallt Meines Strebens Kraft und Intuition, um mehr von Mir und Meinem Anhang zu erfahren, als es die tüchtigsten Propheten einer neuen Zeit je abzuhandeln und verkünden fähig wären. So wie du dich jetzt erlebst, habe *Ich* Mein Sein schon längst empfunden, um es immer weiter auszubauen und mit Qualitäten zu beleben von enormer Wucht, Beständigkeit und Motivation.

„Credo in unum Deum" kann Ich unbeschränkt, tatkräftig und bewusst von Mir behaupten, in der Strategie der strömenden Unendlichkeit, mit der Ich Mir ein Kränzlein winde, das zum Strauss wird und zur Zauberkraft für Myriaden.

Mein Sein ist in die Galaxienhäufigkeit geschrieben, die sich von irgendwo zu nirgendwo dahinzieht, mit dem Vermerk: du wirst Mich nie berühren, weil Ich ständig und mit rasenden Geschwindigkeiten unterwegs Bin, ohne jemals Rast und Ruhe, Komfort und Erholung zu erhalten.

Ich halte Mich jedoch wie Pech und Schwefel ständig punktgenau zusammen, der Ich Mich selber

Bin und ewig bleibe. „Mir mangelt nichts", darf Ich mit Fug und Recht von Mir behaupten, weil Ich ja mit Leichtigkeit und Seinslust das erschaffen kann, was Ich für Mich als nötig und geziemend, tauglich und salut erachte. Spritzig, witzig und saluber geh Ich durch die Gassen Meines Selbstgefühs und verbriefe Mich dahin, sie rein zu halten, mit der Inbrunst einer Opernsängerin und dem Geklapper eines Cembalotitans.

Was von Mir unterwegs war, kehrt auch wieder heimwärts in die gute Stube Meines Seinserwartens und mit dem liebevollen Touch, der in ihr zu erwarten ist. So soll es mit Mir wie dir beizeiten unternommen werden und das Wonnesein erstehen lassen, nicht von hier.

2.5

Eine Stoffbahn kann auch eine Zoffbahn sein, je nach dem Motiv, das du darauf gedruckt und angepriesen hast. So steht dem Wirklichen das Illusorische und der Illusion das Wirkliche entgegen und lässt dich zweifeln und verzweifeln an dem, was nun wirklich stimmt im dargestellten Leben.

Nur *Ich* Bin Mir im Klaren über Meine herz-ergreifende Identität, wie über Meine Machen-schaften in der ellenlangen Seinsgeschichte, die Ich Mir mit Wonne zu Gemüte führe. Wie kein zweiter kann Ich Mir glaubhaft machen, was da *ist* und was den Weltenlauf mit Anmut und Erhabenheit besiegelt aus naturbedingten Gründen. Was dir noch nicht bekannt ist, kenne Ich à fond und kann es dir mit gütestrahlender Gewissenhaftigkeit erklären. A priori geht es für dich darum, deines Daseins Rätselhaftigkeiten aufzuhellen, um allmählich volle Klarheit über ihre Hintergründe und Gebärden zu gewinnen.

Komm Ich wie aus weiter Ferne auf dich zu, so stimmt das eben nicht, weil Ich unabdingbar stets und innig in dir Bin als der Kreator, Usurpator und Bewohner aller Dinge, die Ich Mir zur Herzensfreude wie zum Seelentrost erschaffen und als tunlich und solvent taxiert und eingemittet habe.

Was immer dich betrifft und hänselt, kannst du dich ruhig an Mich wenden, weil Ich ohne jeden Vorbehalt dein allerliebster und gehöriger Beschützer Bin. Ich hege dich in Weiten wie in Breiten und vor allem bis in deine Herzenstiefen, wo Ich Mich von allem Anfang an voll Wonne eingenistet habe.

Kannst du ermessen, wie unermesslich anders Meine Uhren als die deinen ticken, bist du auch schon auf dem Weg dich selber zu begreifen. Du siehst dich als Gestifteter von Meinem Rang und Namen, wie als Angebinde Meiner ehernen Vortrefflichkeiten, die dein Sein bestimmen und es himmelhoch in Meines heben. Das ist dann die Vollendung deines Welterscheinens, wie die seligmachende Erkenntnis, dass du Bist das Sein und damit das Elysische an sich mit allen seinen wonnevollen Prädikaten.

2.6
Mir gelingt es ohne Weiteres, was tauglich oder nutzlos ist, an deinem Seinsgewissen zu erraten. Machst du Mir was vor, so laufe Ich dir nach, bis Ich das Was heraus-gefunden habe, um der Wahrheit willen, die Ich ständig und inständig pflege. Malträtieren magst du die Geschichte, aber auszu-

löschen und an ihrer Stelle eine andere erfinden, wirst du niemals fähig sein.

Lässt du dich gehn, wirst du unweigerlich in Meine Messer laufen, denn jede deiner Unwahrheiten wird von Mir aufs Peinlichste bestraft und lässt dich schliesslich an dir selbst verbluten.

Schlägst du die Wahrheit nieder, so schlage Ich bewusst und scharf, unmissverständlich und betont ganz neue Töne an, vor denen du erbleichen musst und musst dich tüchtig schämen. Solchen Schrecken jage Ich dir ein, dass du das Weite suchst, wie ein gejagter Kater rennt, auf einem Bäumchen Schutz zu suchen.

Wie ein Säugling innocent Bin Ich vor dir gewesen, bis Ich entdeckt und wahrgenommen habe, dass du schwindelst und dich nicht davor genierst, Geschriebnes zu verändern, damit es deiner Gier zu Diensten steht.

Was nun? Sieh, trotz alledem verzeih Ich dir, weil Ich die Weltenliebe Bin und nicht Verdammnis, sondern Besserung erwarte in deines Lebens Lust und Stil. Das wird dann zu einem Freudenfeste, wenn du deine Fehler einsiehst und aus ganzem Herzen Besserung gelobst in deinem künftigen Verhalten.

Die Liebe führt dich himmelan und Liebe hat dich schon erlöst vor zweimal tausend Jahren an demselben Kreuz, das du dir aufgeladen. Wirf es weg und sei fortan dem reinen Sein verpflichtet, das du Bist und das dich nie verlassen kann in seiner Heiligkeit und Wohlfahrt, seiner Gunst und Seinserhabenheit, deswegen.

2.7

„Kommt alle zu Mir her, die ihr mühselig seid und mit dem Kreuz beladen. Erquicken will Ich eure Seele und euch ein guter Vater sein in Liebe und Erbarmen. Euer Herzblut soll zum Hüpfen, wie die Lämmlein, angeregt sein, wenn Ich komme, um Mein Hirtenvolk ins Paradies zu führen."

Wie einst so jetzt soll es Mir angelegen sein, die Guten zu belohnen und den Säumigen den Marsch zu blasen, dass sie sich beeilen, doch noch zu den Auserwählten zu gehören, welche frei von Schuld und Tadel Meinem Licht entgegenschreiten.

Was gehörig ist, hast du begriffen und, was sich nicht gehört, weit hinter dir gelassen in der Schau auf die Wahrhaftigkeit, die dich beseelt. Du öffnest die von Mir geschenkte Fibel, die berichtet über das Verhältnis zwischen dir und Mir, und findest dort geschrieben, dass zwischen uns kein Unterschied besteht im seinsgeschichtlichen Erleben.

Ich fülle jede Lücke aus, die du geruhsam hinter dir zu lassen, und erfülle deines Lebens prächtige Parade mit Erfolgen, die du nie geahnt und aufs Tapet zu bringen hättest hoffen können.

Entschieden ist und bleibt entschieden, und tatest du's für Mich, so wirst du's nie und nimmermehr bereuen, weil Ich den Getreuen Meiner Seins-philosophie alle Ehre angedeihen lasse, für die sie sich verdient gemacht und ausgezeichnet haben.

Ich wirke wie verwandelt, wenn Ich deine Liebe zu Mir offen seh und überfülle dich mit Gnaden sonder Zahl, um dich bei guter Laune und an Meinem Stammsitz zu erhalten.

Wie treffend ist das Wort vom guten Hirten, das Mir anhängt, seit Ich es auch war und das es bleiben wird in seiner schlichten Pracht auf ewig im Vorübergang der Zeiten. So kündigt sich dir eine ausgesprochne Wohlfahrt an, von dir bewirkt und von Mir ausgeführt im grandiosen Bogen, der vom Übersinnlichen zu deinen Seinsgedanken führt und im Gegenzug von dir zu Meinen, bis sie dieselben sind geworden.

Was du kritisierst, ist Meines Schaffens Ausbund und Gehaben, was dir wichtig scheint, ist auch in Meinem Exposé als wichtig angekreuzt und eingeschrieben. So stimmt alles, was wir sind, in allem überein und beliebt, dich an Meine Seite wie an Meinen angelehnten Hirtenstab und Meines Gottesherzens Wonnesein und Widerhall zu dirigieren.

2.8
Verkennst du deine eigene Struktur, so kannst du deinem Wesen aus dir selber nimmer helfen. Da braucht es Mich, um aus der Zweiheit in die götterlichte Einheit zu gelangen.

Du bickst und klickst, unwissend, Meinem genialen Ticken zu und lässst dich vom Gongschlag Meiner Weltenstunden regelrecht berauschen. Das gefällt und ist für alle wohlgefällig, die nach einem Ausweg aus dem Miserere ihrer Lebenspraxis suchen. Lieb und lustig geht es bei Mir zu und her, als würden ständig frohe Lieder schallen und die Pfropfen knallen in der Sphäre der Gottseligkeit, in der sich die Glückseligen befinden.

In immer neuen Künsten Bin Ich grandios und lasse Mir dabei von niemand in die Karten schauen. Es lebt und webt ein Staunen in Mir über Meine Eigentümlichkeiten, die vom Hauptquartier bis in die fernsten Zuckungen, Verästelungen und Errungenschaften Meiner Selbstheit fliessen.

Derweil Ich Meinen Kurs und Meine Karten mische, schaue Ich Mir selber zu und erwarte wundervolle Kombinationen und Verdienste, Stiche und Bewertungen von ihnen. Traust du dir in deinem Umfeld und Geviert dasselbe zu, so generiere Ich dir auch dieselben prächtigen Verdienste und Verbindungen, wie mit Zauberhand für dich aus dem Gemisch gezogen.

Sofern du auf Mich hörst, brennst du niemals an und verrennst dich nicht in falschen Spekulationen. Meine Wege laufen schnurgerade Meinem Ziel, das heisst, Mir selbst entgegen und vereinen sich zu einem punktgenauen Resümee von Wohlfahrt, Seinsgewissheit und gewissenhaftem Selbstvertrauen.

Ich klage Mich nie selber an, weil Ich weiss, dass klagen müssig ist und nur das klare Überlegen, was zu tun ist, wahrhaft etwas bringt in allen noch so zweifelhaften Situationen. Stellst du dir was Schickliches und Zauberhaftes vor, so wird es auch so kommen und du wirst begeistert deiner eignen Fährte folgen in des Lebensspiels Beschaulichkeit und Überragen. Rennst du Mir nicht davon, so brauche Ich dir auch nicht nachzurennen und du kannst dich in Mir wie in Abrahams Gemächern wohlgeborgen und behütet fühlen. Komm, Ich zeig dir das, und lasse dich dein Sein im Glück Elysiens verschweben.

2.9

Und wenn du sternwärts schaust, so schaust du in die Mitte dessen, was Ich Bin, in Meiner Seinsstabilität und Meinem Willen, grandios herauszukommen.

Zieh Ich deinen Blick hinan, so durchziehe Ich mit Meinem, was Ich Bin, im Status der Gottseligkeit, Begeisterung, Prosperität und liebevollen Pflege Meiner schmucken Traditionen.

Was ereiferst du dich, wenn Ich dir von Dingen spreche, die du nicht verstehst, wegen deiner Zwitterhaftigkeit im Umgang mit dem Seinsgeschehn. Da kann Ich Mir ein Kränzchen winden, weil Ich selber Bin, wovon Ich ohne Unterlass in deinem Herzen rede. Nimm es Mir nicht übel, wenn Mein Reich das deine regelrecht umhüllt in deiner Unbeholfenheit in Sachen Sachverstand im ewigen Bezug.

Geklärt sein will, was du dir willig und unwillig zugelegt hast, als eine Schar von Glaubenssätzen, die dir ungeniert die Richtung kolportieren, in der du dich bewegen sollst hinweg von Mir. So etwas solltest du dir weiter nicht gefallen lassen, unter und vor Meinem Götteraugenblinken, in der Liga der besonders Avancierten im bewussten Geisterheer.

Allmählich sollte es dir dämmern, dass dein Wesen nicht nur aus Sehnensträngen, Wülsten und klappemden Zähnen besteht, welche nur Gefäss sind für dein Dich-im-Sein-Erleben. Du gehst in deinem Beinhaus aus und ein, im Wachsein wie im Schlafen, und mit jedem noch so zierlichen Gedänkelchen, mit dem du dich durch Mich bewegst. Wohl steht es dir an, wenn du aus Meinen

Lehren Konsequenzen ziehst, und dich geradeso wie Ich es will benimmst in deinem Ehrgeiz und Versuch, dich richtig zu benehmen.

Alle Kreise sollst du schliessen, die Ich dir mit Absicht offen vorgelegt als Sinngedicht und Musterbeispiel habe. Hart trifft es dich im andern Falle durch dich selber, doch in Meinem Bist du schliesslich bestens aufgehoben, wie im Märchen, wie im Zauberland von Meinem Mich-aufs-wonne-vollste-und-glückseligste-im-Geisteslicht-Verstehn.

2.10
Nun mach Ich auf, nachdem du zugeschlossen und verriegelt hast, in deinem Unmut, deiner baren Wut und deinem schieren Unbehagen. Was immer dich betrifft, lass Ich getrost und unberührt an Meinem Coat hinunterlaufen, um von alledem, was deine Schwächen sind, verschont und unberührt zu bleiben.

Deiner Wesenswelt hingegen ströme Ich behutsam Linderung und Reinheit, Mass und Mustergültigkeit entgegen, damit sie sich in das, was Ich Mir Bin, verwandelt. Zugleich wird sie auch zum Zeichen der Wohlanständigkeit, wie des Gehorsams an den guten Sitten, die Ich schon immer propagiert und bei Mir eingerichtet habe.

Wie weisser Schaum quillt es aus deinem Munde, wenn du deinen Hass, auf was dich ärgert, auswirfst wie das Gift, das die erregten Schlangen durch das Zahnloch jagen. Nein, so was, wenn du wüsstest, wie verwerflich, lächerlich und skandalös du dich benimmst und darstellst als ein Held der laufenden Geschichte, derweil du ein Verräter bist an deiner eignen Sache, wie an dem, was du mit Einsicht und

Gewissenhaftigkeit, Plausibilität und Ehrlichkeit begaben solltest.

Was dich schwer macht, macht Mich immer leichter und lässt Mich schliesslich auf erhobnen Schwingen höhwärts in die himmlischen Gefilde schweben. O, wie tut das gut, der Höllenglut entwichen und von blaugetinkter Luft umfächelt und gekühlt zu werden. Ich atme auf und eratme Mir im Glücke wieder, was Ich sehnlich wünschte: Freiheit und Geruhsamkeit, Schöpfertätigkeit und eminenten Herzensfrieden.

Konstanz und Liebenswürdigkeit, Charakterstärke, Positivität sowie brillante Schau auf was da *ist*, sind Mir seit eh`dem eigen und erschliessen und verbessern die enorme Qualität, mit der Ich zeitgleich operiere. Das gibt dann Meiner Welt, wie deiner, den berühmten Kick, mit dem sie aufgeschaltet und gejagt wird, um mit Anstand und Genie das zu vollbringen, was sie soll und will und kann im Unergründlichen.

Klaustrophob darfst du in diesem Fall nicht sein, derweil Ich deine Offenheit zutiefst zu schätzen weiss, und sie mit der Wonne des Gerechtseins wunderbarerweis, manierlich, zierlich, zärtlich und Entzücken schaffend zu belohnen.

2.11
Jeder Tag ein Fest der Freude und des Friedens, ist von Mir und Meinem Hofrat stilgerecht zu sagen. Ich rüste ständig auf, derweil in deinem Kabinett und Kuckucksnest Unschlüssigkeit, Nervosität und Kampflust herrschen.

Mich dauert dein Verhalten, weil es gegen Meine Wohlanständigkeit und Liebenswürdigkeit im menschlichen Verkehren protestiert. Bald kommst du Mir zuvor, bald hinkst du hintennach in der Befruchtung deiner Felder, die bei Licht betrachtet, allesamt die Meinen sind im Sich-vor-Mir-Verneigen.

Du kennst das Sprichwort wohl: gesagt, getan, und solltest dich noch besser an es halten, als dich in Geschwätzigkeit, Vermutungen und Verzettelungen zu verlieren.

Es liegt Mir fern, dich nur zu kritisieren, ein Lob für deinen Seinselan liegt alleweil noch drin und kann dich über manches Ungeschick und Unvermögen schlichtweg trösten.

Mir ist wohl bekannt, wie sehr sich viele darin üben, hoch potent und vielbeachtet, majestätisch und erfolggewohnt zu werden. Und dazu feure Ich sie ständig an, damit durch sie der Welt beschieden ist, in Frieden und gerechtem Tun, Beglückung und Beseligung zu leben.

Nun ist es so, dass alle Wesen sich zusammenfinden müssen, ob sie nun im Diesseits oder Jenseits willentlich agieren, um dem Weltensein den rechten Schliff und Wohlstand, Mutwillen und Begriff zu applizieren. Das Ständige wird auch zum ständigen Erfolg im zielbewussten Vorwärtsschreiten und Auf-leisen-aber-zähen-Sohlen-höhwärts-Gehn. Minutiös ist von Mir alles vorbereitet, was zu tun ist, um dem Äonenwerk den rechten Drall und Drang, die wohlgelungne Drift und Griffigkeit in Fülle zu verleihen. Wie anders könnt es sein, wo *Ich* am Werken und Gestalten Bin, die schliesslich zum gerissenen Erfolg sowie zur angestrebten Seinsbedeutung führen.

Es geht ein Raunen durch die Reihen der Bewunderer, wenn Ich in der Hülle eines Seinsgenies von dannen schreite und im Publikum das selige Gefühl von Meisterschaft und Wendigkeit, Beständigkeit und Wonnesein zuinnerst hinterlasse.

2.12

Willst du dich arrangieren in des Lebens Pflichten und Verwerfungen, Leitsätzen und Vermutungen, so gebe Ich dir unvermittelt Meine Kraft und Meine Sicht hinzu, um dich in Friedefertigkeit und Schwungkraft zu bewahren. Ich rette, was zu retten ist, in deinem Notruf und Versinken und halte dich, im Fall, in allen noch so schweren und prekären Situationen.

Mir ist sehr viel an dir gelegen, weil fast alles mit dem übereinstimmt, was *Ich* an Mir Bin und intus habe.

Ich weise dir die Weisung zu, dich so gesittet und verständig zu verhalten, wie es sich für einen hocherhabnen und beständigen Kumpan gehört, in

Meinem Reich und Anhalt, Proletariat und Birkenhain in einem.

Pflegst du dich rein zu halten, kann Ich dich ohne weiteres mit dem dazu gewünschten Schaum versehn, wie auch mit der Gedankenfolge, die zu Sauberkeit und Seinsgewandtheit führt, im wunderbaren Einen.

Was die Redlichkeit betrifft, gibt es bei Mir nur eines zu bedenken: absolute Offenheit und auch nicht das geringste und verborgenste Verstecken vor der Würde und Erhabenheit, die Ich Mir stets bewahrt und ausbedungen habe. Ich kontrolliere haarscharf, was Ich angerissen, eingeleitet und für lange Zeit im Schwung gehalten habe. Das hat den enormen Vorteil, dass Mir nichts entgeht, was Meinem Tun und Lassen einen Riegel schieben könnte oder einen Bärendienst zu leisten fähig wäre.

Ich trickse jeden aus, selbst wenn er Mich mit noch so viel Elan und hohem Einsatz überholen wollte. Mein Gebot ist: Anstand und Entschiedenheit; Mein Marketing ist wahrhaft revolutionär und schlägt das aller noch so vifen Fritzen himmelhoch im Andersartigen, das Ich für Mich gepachtet, ausbedungen und Mir ständig vorgesungen habe.

Willfahrt ist Mir fremd und willentliches Walten steht in erster Linie in dem Logbuch, das Ich Mir täglich und gewissenhaft vors Augenblinzeln halte. Somit geht in Ordnung, was zu tun ist in den Gängen Meiner zauberhaften Dispositionen, wie den universenweiten Installationen, die Ich Mir zum Ruhm, wie zur geistigen Erbauung, zugemutet habe. Welche Wonne, welcher Ehrgeiz auch für dich und welcher Aufwand für ein Vesperbrot.

2.13

Mit dem Blick auf Mich gerichtet, sollst du firm und fest durchs Leben schreiten, ohne Unheil anzurichten und den Lauf der Dinge zu betören und zerstören. So kann es nicht mehr weitergehn, bist du geneigt bei jedem Anlass oder -lässchen auszurufen, aber etwas abzuändern kommt dir gar nicht in den Sinn, in deiner läppischen Behäbigkeit und Unerfahrenheit, im Wenden einer Herzens-not.

Du sprichst vom Lieben, wie von Dieben, einfach so und vergisst dabei, dass nur das profunde Wissen um ihr Innenleben dir gestattet richtig und vertrauensvoll mit Ihnen umzugehn. Dabei wäre es für Welt und Wirtschaft, Partnerschaft und Ideologie fundamental, sie nach Meinem Sinn und Geiste auszurichten. Nur auf diese Weise kann Gewähr, Gewissheit, Hoffnung und Erhabenheit genug bestehn, dass ordentlich gespielt wird an den Tischen Meiner Jünger des Gehorsams, wie der Zuverlässigkeit im sachgerechten Geistesleben.

Um es kurz, statt lang, zu machen, will Ich noch betonen, dass die Güter dieser Erde allen zustehn, die da sind, und nicht an sich gerissen werden dürfen von den Protzen der Geschichte, die vom Imponieren, Kujonieren und Übertölpeln was Besonderes verstehn.

Nicht sie sind zu den Weidegängen, Schürfungen und Räumungen des Weltenlaufs befugt, sondern Ich allein mit Hilfe der Getreuen Meiner Kunst, reell zu sein und gütig, konsequent und radikal im Brotverteilen.

Meine Wege sind schon gut und gütig angelegt; du musst sie nicht verbessern, sondern nur genau und wohlgefällig, partnerschaftlich und gerecht begehen wollen in der Jahresläufte Streben. Das wird dann zum Erfolg im allgemeinen Welterleben, wie im würdigen Sich-Verhalten und Durch-raue-Jahreszeiten-Gehn.

Nur Mir ist es gegeben, schon jetzt und unerhört gediegen, Mich in Meiner Andacht und Gelassenheit allwie im Paradies zu fühlen, dem nichts abgeht und dem alles zusteht, was Ich will und was Mich stärkt, veredelt und begütigt, aufrecht hält, glückselig, stillvergnügt und wonnevoll im Wunderbaren.

2.14

Gehst du auf Mich ein, so Bin Ich rasch und sicher überwunden von der Liebesbotschaft, die du sendest. Dein Versprechen gilt Mir mehr als manches andere, das wieder, kaum getan, verflattert in der Flatterhaftigkeit der unruhstiftenden Gemüter.

Was dich betrifft, so hab Ich kaum mehr etwas zu befürchten, weil du deinen Gout gefunden hast am Sein mit allen Konsequenzen, die dabei in Frage kommen. Meiner Redlichkeit gemäss versorge Ich dich mit den himmlisch angehauchten und erlauchten Gütern, die dich weise und verständig, konsequent und siegessicher machen, tagsüber und zur Nacht, still und prächtig, seinsgestimmt in Mir.

Nicht zu wundern ist es, wenn dir alles haargenau gelingt, so wie *Ich* es dir aus tiefster Seele vorgeschrieben und vermittelt habe. Das wird immer Mein Vermächtnis an dich bleiben und befähigt dich dazu, sowohl aus dem Vollen wie auch aus Dem-vor-dich-hin-Geleerten pausenlos zu schöpfen und damit dich selber immer besser zu begreifen.

Ich verehre, was Ich Bin, und Bin es dir seit langem schuldig, dich genausogut zur Seinsverehrung und Gewissenhaftigkeit am Sein und Leben hinzuführen, wie Ich es bei allen Sterblichen und Unvergänglichen zu tun gewohnt Bin. Auch du wirst dich an diese Eigenart aufs Trefflichste gewöhnen und dich davor hüten, sie so mir nichts, dir nichts von dir

abzuschütteln, wie ein drückend und bedrückend Joch.

Patronal und mütterlich komm Ich beständig auf dich zu, um dich von Meinen Qualitäten und Errungenschaften, Auserlesenheiten und Begriffen lupenrein zu überzeugen, damit du endlich etwas wirst in Meinem prachtvoll angelegten Liebesgarten.

Was dir etwas gelten soll, kommt alleweil aus Meiner Fülle und Erfüllung Meiner Wundertaten. Nicht ohne Grund und trefflicher Begründung Bist du Mir so nah, weil Ich in deines Liebesherzens Beuge wohne und Mich darin breit und tüchtig eingerichtet habe. Unaufhörlich quillen dir, wie Weihrauch, Wonne und Glückseligkeit, Ebenmässigkeit und Tapferkeit entgegen.

2.15

Ich Bin kein Rachegott im Lebensspiel, doch einer der Korrektheit und der Wahrheitsliebe. Hast du in dieser Wissenschaft gefehlt, so muss Ich dir den Fehltritt zwar gehörig unters Näschen reiben, aber dich dafür bestrafen musst du selber und dich ändern noch dazu.

In jeder Kompetition will Ich, dem Löwen gleich, den ersten Platz belegen. Den zweiten jedoch überlass Ich dir und damit noch genügend Glanz vom allgemeinen Renommee. Ich lasse Mich nicht fordern in Bezug auf männliches Verhalten, denn das Weibliche und Weiche, Zärtliche und Zarte liegt Mir ebenso. Daraus ist zu schliessen, dass Mein Wesen, Wissen und Gewissen goldrichtig auf der Spur der Seinswahrhaftigkeit und guten Sitte liegen. Damit ist erwiesen, wo die Macht der Welt verborgen liegt und sich die Fäden der Befehlsgewalt zusammenfinden.

Ständig Bin Ich sehr geneigt dazu, auch dich in Mein Kalkül und Musterbeispiel, Meine Wesensart und Minne einzubinden, damit die Einheit herrscht und Einigkeit im universenweiten Seinsverfahren.

Bist du von Mir geprüft auf Herz und Nieren, kann Ich dich mit einem ordentlichen Pass für Tauglichkeit, manierliche Beweglichkeit und Seinsbeständigkeit versehn. Das verleiht dir Mumm und Macht für gloriose Taten in Gemeinschaft mit dem vielgepriesnen Geisterheer.

Indessen ist, gerade was von Mir kommt, nicht zu zählen, denn es reicht von A bis Z und weit hinaus dazu in Meiner weltbewegenden und vorwärtsstrebenden Befehlsstruktur. Auf dein Wort *will* Ich, sollst du beständig vor dich hin zitieren, mit der Absicht, alles zu gewinnen, was da *ist*, im Sinnkreis deines göttermenschlichen Gehabens.

Wovon du lebst, ist von Mir vorgegeben und worin natürlich auch: es ist das zwitterhafte Menschenleben, bewegt, befördert und geliebt von Gottes Hauch und Beben. Verhalte dich in stiller Andacht vor dem, was *Ich* dir deute und in allem Ernst bedeute, und sei von Mir gesegnet und in Mir aufs Köstlichste, Bekömmlichste und Zuversichtlichste bewahrt.

2.16
Dagegen ist kein Kraut gewachsen, dafür hingegen viel. Ich stecke nicht in Illusionen, so wie du in deinen, und lasse sie Mir selber von Mir lückenlos erklären.

Eine Weihe ohnegleichen ziert die Universenweiten Meines Daseins und vermittelt ihnen den Begriff der

Losgelöstheit und Beschaulichkeit von allem, was da *ist,* und Mich mit Elementenwucht durchflutet.

Mein allerfüllendes Gelispel regelt und regiert, was immer handfest und begrifflich ist, im Kreis der Millionen Gegenwärtigkeiten, die Ich leichterdings, fürsorglich und gewissenhaft umschwebe. Nun ist es so, dass Regieren immer auch Mich-selbst-Behaupten heisst in seinsgerechtem Reagieren wie Agieren. Mit besondrer Umsicht, Vorsicht, generös und wissenschaftlich geh Ich vor in allen Meinen Äusserungen und Prinzipien, die die Planetisation des Alls betreffen und dafür geeignet sind, gute Sonnenmorgen und Adieus zu generieren.

Schon von alters her Bin Ich bestrebt, das was Mein Wesensein betrifft, zu fördern und herauszuputzen, damit es Wohlgefühl im Staate macht und Mir ein Sinnbild ist der Tüchtigkeit, Beseeltheit und Erhabenheit von eigenen Gnaden und bemerkenswert besonnener Regie. Was Mir immer nahe kommt, zieh Ich besonders an, und trachte danach, es in Meine Sternenbahn zu intergrieren.

Immerzu Bin Ich bestrebt, das Konfuse in Mir glaubhaft und gewissenhaft zu überwinden und ihm Anstand beizubringen nach der Regel: Ladies first und Gentlemen zum Kofferntragen.

Wer sich unter Meinen Fittich und Befehl begibt, hat schon ein gutes Stück geschafft im Sich-selbst-im-All-Ertragen. Das gebiert in ihm Entzücken und glücksseliges Bewundern der Natürlichkeit, die ihm das Leben schenkt und die ihn in sich bettet seinsgemäss, behutsam, wundertätig und von Grund auf ingeniös.

2.17

Auf Mein Geheiss sollst du dich weiterhin getrauen, deine Netze auszuwerfen und auf reichen Fang gefasst sein in den Nächten deines Beutestrebens. Ich kann dir nur bestätigen, dass es sich immer lohnt, an Meiner Willkraft und Regie bewusst, natürlich und entschieden teilzunehmen.

Du darfst dich glücklich nennen, wenn deine Wege nicht an Mir vorbei, sondern allbereit und innig in Mein Herzblut führen. Es ducken sich die miesen Geister vor dem Lichtstrom, den du dort erfährst, wie vor der Seinsbewusstheit, die sich dir gesellt in einer Sonderschau, geflissentlich und sinngeladen.

Schliesslich will Ich dich dazu ermuntern, deinen Mischmasch von unhöflichen Manieren und Verstiegenheiten hinter dir zu lassen und an ihre Stelle eine klare Diktion zu setzen, die in Meinem Sinn agiert in deinen frisch gebacknen Lebenswundern.

In *Meinem* Sinne tunlich ist, was du zu unternehmen dich getraust, sowie du dich in deiner Funktion als Meines Seiens Bote und Beförderer erkannt hast, ohne lange nachzufragen. Ich Bin und Bin in dir das Nonplusultra aller Motivationen, die zu Glück und Seelenwohlstand, majestätischem Gehaben und unendlicher Erbauung führen.

Dann trittst du auf als ein zur Meisterschaft gediehener Kartäuser, dem nichts mehr zu viel ist oder gar zu wenig auf der Bundesbahn in Mein Gewissen, wie in Meine Geistesgründe, die das Universum nach wie vor aufs Trefflichste beleben.

So kommt es dir vor, als wärest du privilegiert und wie ins Rosenbeet gebettet, mitten in des Lebens brachialem Züngeln, Zünden und Der-Unrast-sich-Ergeben. Meine beste Seite ist die Ruh, in deren Obhut Ich von A bis Z agiere und Mich von ihr befruchten lasse, götterseits, voll Inbrunst, Redlichkeit und Seinsbewusstheit als der Weltenstar.

Ich kenne Mich und du kennst dich, sodass sich beide aufs Natürlichste,Vollbusigste und Mutigste in ihrer Welt begreifen und verstehn. Deine Laufbahn ist beendet, so wie sie begann, doch Meiner Hilfe Seim kommt, wonnestrahlend und begütet, nach wie vor bewusst von oben.

2.18

Ich schlage manchen Aufruhr in Mir nieder, indem Ich ihn bewusst und heiter wachsen seh und im Mich-selbst-Erkennen Ruhe walten lasse um Mich her.

Im Grund genommen ist Mir alles klar, was abläuft hier und dort, bis in die höchsten Geistessphären, derweil Ich sie begreife und vertrete und sie Bin in seinserkennender Gewähr. Das befähigt Mich, weder zu sehr ins Kraut zu schiessen, noch als lahmer Engerling im Erdreich zu verharren, ohne Richt und Ziel.

Ich überwache Meine Gesten, Spekulationen und Betriebsamkeiten mit dem Sperberblick, den alle cleveren Gebieter sowohl intus wie auch outside haben. Das macht Mich grandios und pausenlos am Universenwerk begriffen, das in Mir wirkt und wächst und keinen Stillstand toleriert in Abermillionen.

Ich bringe lächelnd aufs Tapet, was noch kein anderer mit solcher Vehemenz und Tüchtigkeit im All verbreitet, hat von Meinen unikaten Meisterzügen. Mir ist das egal, doch sollten Myriaden Mich verehren ob der Fertigkeit, die Ich aus der Fülle Meiner selbst in Mein geliebtes Handwerk lege.

Das wissend zu bewundern gibt auch dir die Wende in des Schicksals Habitus und Hintergrund, indem du von Mir lernst in gleicher Weise, Weisheit und bewusster Sinnkraft zu agieren. Mein ist dein und du bist Sein in Myriaden Variationen, die auch dich ergriffen und beträchtlich durchgeknetet haben.

Wie es so geht, kannst du erst mit Mir einig gehn, wenn deine Züge, Zierlichkeiten, Kapriolen und Konstrukte Meinen bis aufs Tüpfchen gleichen und von Mir geschätzt und abgesegnet werden.

Hindernisse kann es bei Meinem filigranen Seinsformat nicht geben. Und so soll es gleichfalls bei dir sein, damit am Laufband wunderbar besonnene Verwirklichungen in der Welt erstehn, die sie zu einem Bijou von Beständigkeit und Virtuosität, Bewusstheit und Befriedung stilisieren. Das macht Schule und beschult auch dich in der Wonne des Gewissens deiner selbst im unendlichen Gefüge.

3

Den Mittelweg der Seinsvernunft begehn

3.1

Ich will dir soviel Bauchgefühl verpassen, dass du Meinen Einfluss auf dich spüren kannst, um ihn darauf als Wohltat und Verheissung zu taxieren. Damit gelingt es Mir, dir alle Flausen aus dem Feld zu schlagen, die dich sonst behelligen und unstet machen würden, in des Lebens gutturalem Jeminee. Dabei ist es dir gestattet, deines wahren Wesens Seinsgewissheit ständig besser wahrzunehmen und ihm die angemessene Verehrung zuzuwenden.

Demnach heisst, den Mittelweg der Seinsvernunft begehn, dich auf dein irdisch Teil, genau wie auf dein geisterfülltes, zu besinnen und dich nach dem auszurichten, was du wirklich Bist in deinen auserlesenen Ambitionen.

In deinem Sein liegt somit aller Seim und Sinn der Welt verborgen, die für dich relevant und rüstig, pausbäckg und entschieden wohlbekömmlich sind, in deiner sichtlichen Gewissenhaftigkeit, die du dir in langer Feldarbeit und filigranem Unterscheiden angeeignet und erstanden hast.

Es klingt ja wie ein süsses Märchen, wenn Ich dich dein genuines Wesen und Gewicht, deinen Grundgehalt sowie dein Seinsprofil erkennen lasse in der bruderschaftlichen Beziehung, die wir schon immer miteinander pflegten. Das garantiert ein machtvoll mutiges, zügiges und beispielhaftes Vorwärtsschreiten in der Klasse der gesegneten und gottgeweihten Musterschüler und verdienten Magistraten.

Was du immer willst, ist zutiefst mit dem verbunden, was Ich wollend und gekonnt im Weltenall gestalte und verwalte im Geleitzug Meiner mustergültigen Partizipationen.

So ist und sei es, will Ich noch bemerken, und dabei betonen, dass der Weltenwille immer noch in Meinen Händen liegt und in der Wonne des gediegenen Gestaltens.

3.2

Persönlich ist Mir nicht bekannt, was Millionen andere so treiben. Aber in der allgemeinen Seinsgeschichte treten sie als blendend weisse oder finstere Akteure auf, die vieles wettzumachen oder zu verderben haben.

Ich masse Mir kein Urteil an über viel zu viel betontes oder unbarmherziges Benehmen, weil Patrioten alles, was sie *sind,* in eigener Regie, Verantwortung und Klarsicht zu prästieren haben. Das macht sie süchtig oder sauer, je nachdem sie ihren Gout gefordert oder blank gelassen haben.

Was dir besonders wohl und wollig anstehn würde, ist das Wappentier, das Ich dir einst vermacht und gutgeschrieben habe. Doch du hast es mählich, schmählich und verächtlich ausgeklammert aus dem Seinsbewusstsein deiner Züge und stehst nun da auf weiter Flur mit hunderttausend Scherereien und Verwünschungen, die sich dir angehängt und bei dir eingenistet haben.

Ich Bin dir nicht gram und grollig, übelwollig und verpönt darüber, doch bedauernd schon, weil dich dein Verhalten geradezu enthält von dem, was dich von Mir beglücken und erheben könnte, in des

Seins Patriziat, Prophetentum und massgeschneidertem Beleben.

Was du tun kannst und auch solltest, ist das innerkirchliche Dich-auf-dich-selbst-Besinnen, das dein Herzblut einer Waschung unterzieht von wunderbar gediegenem Erfolg und blendend weissem Aussich-selbst-Erstrahlen.

Sündigst du, steh Ich bedauernd hinter dir, und wenn du regelrecht bereust, beginne Ich dich mit dem Wohllaut reiner Herzlichkeit und Hoffnung zu umfangen, dass du doch noch von dem Ratschluss Meiner Güte profitieren kannst in der Zerwürfnis deiner Lebenszeiten.

Dann strömt Milde in dein Sein und weihevoller Duft umflort dein sinnengeladenes Benehmen. Du Bist der Weisheit Pfand und Strand geworden und empfängst voll Wonne, was dir zugehalten wird von Mir und Meinen seinsgeadelten Komparsen. Im Innern wie im Äussern wirst du grandios und stärkst die Welt, indem du Mein Gebot verstärkst, bis du weise wissend, wohlgefällig und erhaben Bist in deinem azurblauen Seinsverhalten.

3.3

„Ach wie so trügerisch" sind die Dokumente, die dir jeden Tag ins Kästchen flattern und   so sicher scheinen, wie eine trotzig aufgebaute Felspartie. Dabei ist, was sie offenbaren, ebenso vergänglich wie alles in der Welt, durch die Du sagenhafterweise dich bewegst und Willkür walten lässest, wo du gehst und stehst.

Meine Sache jedoch ist es, mit dem Ernst der Gottesweisheit und -geduld, Wohlgewogenheit und

Sitte an die Dinge dieser Welt heranzugehn, um sie zu glätten und mit gutem Mut und Sachverstand an das Ewige heranzuführen. Das gibt dann ein schön gebildetes Hallo, mit dem du dort empfangen wirst, wo die Weltengeister weilen und wo alles sich zusammenfindet, was zerstreut und unstet, bandagiert und eingemummelt war.

„Auf nach Jerusalem" hat es einst mit Nachdruck und Begeisterung geheissen. Dort ist die Wiege unserer neuen Seinskultur, die muss geschützt und himmelhoch gehalten werden. Heute ist sie fast vergessen und das Leben plappert die Maschinensprache nach, die die Techniker und Wissenschaftler, schlau wie sie sind, erfunden und allüberall verbreitet haben. Das ist prekär, weil sich die Menschen immer mehr von dem beherrschen lassen, was sie eigentlich nicht wollen und was ihnen auch nicht zusteht mitten in des Weltengeistes Offenbarung und Erleben.

Es geht um das Begreifen dessen, was du wirklich darstellst, als die Krone der gottseligen Natürlichkeit und Harmonie in allergrössten wie in minikrimen Meisterzügen. Ich spanne Mich dir vor und stosse nach, was dir noch fehlt, um deine Ganzheit zu erwirken auf der Basis deiner schon vorhandenen Struktur. Was du zu lernen hast, ist deinem Herzblut wunderbarerweise eingegeben und erinnert dein Gewissen daran, dass es einmal rein war, geistgebürtig und entschieden gottergeben.

Das ist nun einmal deine Situation, und nur die spiegelglatte Einsicht in sie kann dir Herzensfrieden und Beschauung, Wohlfahrt und Vermählung mit dem Ewigen bescheren. Willst du das begreifen, greif nun zu und sei in Mir wie neugeboren.

3.4

Was mutest du dir zu, dein Mütchen an Mir ab-
zukühlen, in der Strategie der Unverfrorenheit, mit
der du jüngst zu operieren pflegtest? Ich kann das
nicht begreifen, wo du dich für jeden Pfiff und Kniff
bedanken solltest dafür, dass Ich dich mit ihm
belehre.

Eine Hymne solltest du Mir weihen, tags und
nächtig, für den Wohllaut der Erhabenheit, den Ich
dir ständig angedeihen lasse in des Daseins farben-
prächtigem Revier.

Du kurbelst mit so vielen Dingen und Gegebenheiten, dass dir darob der Kopf verdreht am Halse
sitzt mit wunderlich entrückten Augen. Lasch ist nur
der Anfang dessen, was Ich dir zu Lasten lege und
was folgt darauf, könnte dich erdrücken, wenn Ich
nicht ein Einsehn hätte in dein kindliches und
kindisches Benehmen. Überhaupt ist dir noch lange
nicht zu trauen, derweil Ich längst in Mich
unendliches Vertrauen und Fazit gefasst und
spiegelblank gescheuert habe.

Was willst du noch, wo Ich dich doch mit so viel
Geistesgaben überschüttet habe, dass du nur da
und dort zu zupfen brauchst, um dich aufs
Wohlbekömmliche und Radikalste zu sanieren.

Streitest du vor Ort, so ist es Mein Bestreben, stets
im Fürstenland herumzuwandeln, um da und dort
mit Vehemenz zu fechten für Mein Recht und Meine
Billigkeit in Sachen Seinsvernunft und Ideologie im
taubehängten Grünen. Wohnt dir ein Zauber inne,
so knistert es in Mir geradezu von Zaubereien, die
dem Leben angenehm und statthaft sind seit
ungezählten Generationen.

Bist du gefährdet, zieh Ich dich geziemend und gezielt aus dem Schlamassel, in das du dich so leichterdings und taktlos, liederlich und burschikos hineinbegeben.

Stell dir vor, wie schön und golden du es haben könntest unter Meines Sicherseins berückender Ägide, und würdest du nur um ein weniges die bessre Einsicht pflegen, die Ich dir seit eh und je geboten habe. Mir ist sie eigen und verursacht ein bemerkenswertes Wonnesein in Meinem güte-strahlenden, wahrhaftigen und sonnenleuchtenden Gemüt.

3.5
Mein liebes Brüderchen, hast du auch mitbe-kommen, was Ich für dich und deinesgleichen ständig zu prästieren habe. Mir wird fast schwindlig, wenn Ich daran denke, wie verspielt und mutig, sittenfroh und kabbalistisch Meine Kurie sich verhalten muss, um bei der Menschheit anzu-kommen und um ihr beizubringen, wie trefflich das Natürliche gedeiht, wenn man sich in es integriert für Ewigkeiten.

Ich schaue auf zu den geliebten Sternen und beginne sie zu zählen, höre aber schleunigst wieder auf, sowie Ich eingesehen habe, wie sie ständig sich vermehren und sich bis ins Unendliche in aberweite Himmelsräume tollen.

Ich beteure dir, dass in Meiner Hemisphäre, Heimstatt, Wirtlichkeit, Wahrhaftigkeit und Güte nichts geschieht, woran du Anstoss nehmen könntest. Vielmehr kommt dir alles regelrecht und sinnvoll, lauter und salut entgegen, um dich zu erfrischen für den zu erringenden Pokal.

Du beginnst zu wachsen, wie die grüngefärbten Gräslein, die im Frühling wieder widewitt und sonnenhungrig aus dem Boden spriessen. Meine Dienste und Verdienste sind enorm und führen alles, was da *ist*, zu einer Einheit und Bewusstheit von sich selbst von unvergänglicher Broschur zusammen. Paternal und mütterlich steh Ich dem allem vor und finde es aufs Äusserste, wie Innigste, der Rede wert, es immer weiter zur vollendeten Manierlichkeit zu stilisieren.

Wenn Ich das im Jargon himmlischer Gerechtig-keit betrachte, scheint Mir alles bis aufs Tüpfelchen zukunftsträchtig und geeignet für den Ehrenpreis zu sein, der dem wahren Leben, Ruf und Silbenfall genügt, von denen Ich aus Meinen Geisteshöhn erzähle.

Wohlverhalten ist dabei im Spiel und wonnevoller Sachverstand, der sich in Meinen vollends integriert und in ihn eingemittet hat. Strebst du, so langst du unbedingt und unvermittelt bei Mir an, in der Gelassenheit des himmlischen Sich-selbst-Um-Flutens. Das will Ich so und das geschieht am Laufband für die vielen, die sich Mir verpflichtet und aufs Innigste verbündet haben. Recht ist das und Meine Zierde in des Universums sagenhafter Monarchie.

3.6
In deinem Alter solltest du ein wenig daran denken, dass du nicht ewig auf dem Erdenplan verweilen kannst mit seinen attraktiven Gütern und entschei-denden Veränderungen im mutierenden Gefolge.

Fest steht nur, was *Ich* Mir selbst bedeute. Um dich, und was dir eingeboren ist, zu testen, dränge Ich dein Sein in Situationen, die vom blutigen Ernst, in wohlbegründeten Kaskaden, bis ins Lächerliche reichen.

In Meinem, wie in deinem Falle, offenbart sich damit in der Tat des wahren Menschen wie des Gottes Weistum im verehrenswürdigen Allhier.

Was Ich Mir erkämpft und mit der grossen Kelle angerührt und hochgezüchtet habe, läppert sich zu einem Weltenbau zusammen, der sich in sich selber bestens aufrecht und verdienstvoll hält, in der Weise der hoch dekorierten Würdenträger.

Ich gestehe Mir zwar manches Fehlerhafte, das Mir unterlaufen ist, gebührend ein, aber was Ich Mir im grossen Grandiosen mit umsichtigem Erfolg geleistet habe, kann vor jedem Augenblinken, und vor allem vor Mir selbst, aufs Tunlichste bestehn.

So wie Ich Steine in erhabne Edifizien verbaue, kann Ich diese auch in Brot verwandeln, wenn Ich ganze Völkerscharen vor dem Hungertod bewahren will, in der Dürre ihrer Wohngebiete.

Was Mich reizt, sind die mustergültigen Perfektionen, die Ich an den Tag, wie in die zauberhaften Nächte, lege. Sie sind der wahre Lukas, den Ich mit dem Geisteshammer in unendlich weite Höhen jage. Meine Spannkraft ist enorm, wenn Ich Mich darauf konzentriere, unerhört Geschmeidiges, Potenzielles und Ergiebiges hervorzubringen, wie's schon die Tupfer auf den kunstgerecht bemalten Marmorsäulen zeigen.

So erliege Ich der Lust am Schaffen und Verwirklichen der Möglichkeiten, die sich aus Meinem steten, farbenfrohen Phantasieren jederzeit ergeben. Das kreiert ein sagenhaft gesteigertes und motiviertes Glücksgefühl, von dem Ich, wie von tausend Märchen, ganz von Sinnen und voll Liebeswonne, Seinslust und Entzücken zehre.

3.7

Zum Sein berufen Bin Ich jederzeit, sowohl in den naiven, wie in den hoch sensiblen Geistestagen. Ich checke nach Belieben ein und aus in Meines Weltengötterseins Revier und überlasse nichts dem Zufall im Behaupten Meiner selbst im Wandelbaren.

Was dich nach wie vor ins Rudern bringt, ist bei Mir zu einem absoluten Wohlklang der Gefühle und Erwartungen gediehen, die in sich stimmig sind und Klartext sprechen überall, wo eine träfe Antwort nötig ist im Seinsgebaren.

Auf Mein Wort beschäftigst du dich intensiv und angemessen mit der Frage, ob es tunlich ist, so aufzutreten, als ob du *wüsstest*, derweil dir nichts von Mir bekannt ist als die hochgestochensten und siebenfach gewundnen Analysen.

Dabei ist es richtig, wenn du von dir sagen kannst: „Ich werde und Ich Bin" in Meiner Eigenschaft als Menschen-, wie als Götterwesen, unantastbar und aufs Äusserste fragil. Nenne Mir ein Unterfangen, das bedeutender und grandioser dasteht als Mein universenweites Mich-ins-Sein-Verfluten. Deine Antwort kann nur nichtig und unwichtig sein vor dem Erhabenen, das dich beschäftigen und infiltrieren soll, in selbstvergessener Manier.

Kommst du zu dir, so ist es gleich bedeutend, wie zu Mir zu kommen, allwie auf einem Adlerschwingenpaar. Das ist dann der Witz und Wert des ganzen Unterfangens, gezeichnet mit dem Siegel der Gottseligkeit und Weltenliebe, schön gesagt und wohlgestaltet, ausgewogen und verbunden alleweil mit Mir.

Keime der Erhabenheit sind von Mir eingepflanzt in deines Wesens partnerschaftliches Genie, die wachsen und gedeihen trefflich im, von Mir bereiteten und liebevoll begleiteten, Exil.

3.8
Weltliche Genüsse mögen noch so rar sein, Meiner Quellen Duft und Süsse sind es nicht. Sie sprudeln munter in dein Herzenskämmerlein, es zu erfrischen und ihm Meine Liebe mitzuteilen.

Was hast du nur? Du sinnierst still und glücklich vor dich hin und atmest so viel Seinsgerechtigkeit und Frieden, dass der Kenner und Bekenner ausruft: Hier ist einer, dem das Dasein wohlgefällt vom Haupt bis zu den Füssen.

Trägst du Sorgen, Bin Ich gern bereit sie tatenträchtig mitzutragen, bis der Friede wieder einzieht in das Mass der Dinge, die dich so sehr beschäftigt haben.

Mein götterlichter Atem strömt mit wunderbarer Leichte ein und aus im Wonnesein, das Ich darob bewusst empfinde.
Reden mag Ich nicht, doch ist Mein Schweigen von so viel beredter Bildlichkeit durchzogen, dass Ich sie fasziniert beschaue und im Allraum etabliere, licht und schön.

Kannst du lächeln, lächle mit Mir seinsbewusst und sinnig, seelenvoll und heiter jedem neuen Tag entgegen. So wird er dich im Freudenlichte baden und dir Liebe und Begeisterung schenken am neu empfundnen Leben.

Der Fall ist klar, derweil du in das Wohlgefallen fällst, das Ich im Universensein verbreite, um den Myriaden lichten Wesen darin Halt und Himmelsbläue, Hoffnung und Beseligung zu spenden.

Meine Lebensdinge sind so wahr, wie's deine niemals waren, und Mein Duktus steht auf Seinsverwirklichung und majestätischem Erfüllen Meiner Rechte, wie mit dem, was Ich Mir ausgedacht und vorgenommen habe.

Nichts geht über Meine figalante Fantasie, und alle Meine Träume sind bis jetzt und werden fürderhin zu sagenhafter Wirkung, Wirklichkeit und Seinsbewunderung geraten.

Meine Liebe gilt den Sternen, die dem All die Form und Fülle, den Mittelpunkt sowie die Raumeshülle definieren und dem Sein an sich den Sinn gewähren, gravitätisch, liebevoll und wahr.

3.9
Spürst du das mächtige Rumoren im Gebälk der ewigen Gerechtigkeit, die Ich mit Wohlverstand, Effinzienz und Vehemenz vertrete.

Quergestreift und längskariert kommen die daher, die etwas Ungebührliches im Seinsgewissen tragen. Hüten sollst du dich davor, sie oral bekehren oder sonstwie ändern zu wollen. Strahle ihnen Herzensgüte, Licht und Lauterkeit entgegen, um sie an das, was Ich in ihnen Bin, zu mahnen, selbst in ihrem dunklen Schoss.

Was Ich intendiere ist, die allgemeine Friedefertigkeit im Menschenvolk zu etablieren und ihr damit zu einer Lösung zu verhelfen, die gerecht und würdig ist für sein Sich-selber-in-Mir-Finden.

Das Gelegentliche soll zur festgefügten Ordnung und Bewusstheit werden. Dem Zwielicht schwört der Kenner, Lebenskünstler und Bewusste ab, um in die höheren Gefilde vorzudringen seines Seins und gottbegnadeten Agierens.

Dir eine Mail zu schicken habe Ich nicht nötig, weil jedwelcher blitzende Gedanke Meiner Treu im allgemeinen Seinsgewissen vor sich geht und demnach auch in dir und deinem prosperierenden Gemüte. Unablässig schicke Ich die Zeichen Meiner Gunst und herzensguten Fassung, dir und deinem Herzblut zu, um dir den Drang und Drill und Drillich zu verleihen, die dich beständig Mir, wie dem Unendlichen, entgegenführen.

Wie ein Cantus firmus soll Mein himmelslichtes Angebot in deinem Seinsgewissen klingen und dich davon überzeugen, dass du *Bist,* im Zeitlichen, sowie im Numinosen, eingebürgert als Mein gütestrahlendes Idol und Meine Wirklichkeit im Alles-Überschauen. Die Gesetze Meines Seins sind, wie die deinen, schlichtweg stupend, phänomenal und graziös im selben Zuge und lassen sich von dir wie Mir beliebig oft vermehren, einem Sein in Milde und Gerechtigkeit, Heiterkeit, Gutmütigkeit und Lebenslust entgegen.

Wer Ohren hat, der höre, und wer Augen, der besehe sich die Sternenweiten, die Ich Bin, und die auch deine Heimat sind im unergründlichen Befrieden.

3.10

Ich spreche Mir Bewusstheit zu von götterlichtem Rang und gleichgestimmtem Namen. Das wird von allem Anfang an zu einem munteren Gedeihen von besonderer Beschaulichkeit im laufenden Verfahren.

Es singt und schwingt in Mir von Myriaden trefflichen Erfahrungen des Seins und Lebens, die Mich zu dem geformt und ziseliert, ausgeprägt und eingebuchtet haben, was Ich Bin, in Meiner Ganzheit wie in Meinem multiplexen Seinsgenügen.

„Grosses hat der Herr an Mir getan", verkünde Ich in selbstverständlicher und selbstgefälliger Manier und meine damit Mich als Spender wie als hingerissener Empfänger dessen, was Ich, fantasierend, Mir im Keim erschuf.

Soweit Ich sinne und Mir Meines Seins gigantische Geschichte liebevoll und lebensfroh erzähle, steigert sich die Seinsbegeisterung, mit der Ich Mich

schon immer mit Erfolg bei guter Laune und auf Trab gehalten habe.

Nun blüht, was einmal Same war, und reckt und streckt sich immerzu dem sagenhaft Gediegenen entgegen, das Ich immer wollte und zu dem Ich trollte in des Weltseins Kapriolen, Bündigkeiten und Erfordernissen, die es faustdick hinter beiden Ohrenläppchen haben.

Kennst du dich so, so hast du zugleich Mich erkannt in allen Meinen seinserhebenden wie sinnenfrohen Funktionen. Dabei Bist du dir bewusst, dass sie das All betreffen, dessen schöpferischer Vorstand und Kreator Ich Mir Bin in vielgepriesnen und bewiesnen Meisterzügen.

Ich habe Mich geerdet bis zum Gehtnichtmehr und Bin zugleich der beste Hüter Meines Seins geblieben, der sich voll Anmut, Eifer und Bewusstheit, Wachsamkeit und Würde, Zuversichtlichkeit und Wonne am Gerechtsein im Unendlichen verliert. So sei und ist es zweifellos im Ich, wie im Allwirklichen der seinserwachten Seelen.

3.11

Sein ist Leben auf der ganzen Linie Meiner Schöpfungen und adäquaten Reproduktionen. Ich verlasse Mich darauf, dass alles, was Ich inauguriere, auf den neuesten und wunderbarsten Stand gebracht ist, den man sich nur denken kann. Sinnig, überlegt und heiter geh Ich vor, um nichts zurückzulassen, was bemängelt und bedauert werden kann im Zuge Meiner Innovationen.

Ich brilliere mit Bescheidenheit, wo sie sich schickt, und haue prächtig auf die Pauke, wo Reklame wirksam werden soll nach Meiner Art zu plakatieren.

Ich habe gute Gründe, Mich beschwingt und wie im Kaleidoskop des wahren Seins zu sehn, das sämtliche Nuancen und Verzweigungen, Partikularien, Prinzipien und Plausibilitäten offenlegt, mit denen Ich Mich universenweit mit Inbrunst zu befassen pflege. Was in sich edel ist, wird sonnenklar von Mir bevorzugt vor dem Angelaufnen, dem man nicht richtig trauen kann in seiner schleierhaften Weise durch die Zeit zu zirkulieren. Ich lege einen drauf, sowie du dich bemüht hast etwas Rechtes und Gefälliges hinzuzulegen, damit jedermann entzückt ist von der Reife deiner Explikationen.

Bedachtsamkeit bewährt sich immer wieder, wenn es darum geht, Weichen umzustellen, um noch mehr in Fahrt zu kommen, als es bisher schon in Fülle war. Von Mir ist es verbrieft und für immer festgehalten, dass Ich wirklicher und sagenhafter Bin, als alle Welt es je gewesen. Das kreiert die Achtung vor Mir selbst, derweil du eh dahin tendierst dich selbst zu ächten mit der Unterwürfigkeit, mit der du dich im Allgemeinen zu traktieren pflegst.

Aus guten Gründen weiss Ich Mir in jedem Fall vor dem zu retten der Mich in die Falle locken will und in das eigene Verlies. Mein Quantum an Gefälligkeit und Geisteswürde nimmt beständig zu und fasst schlussends die Universenwelt in eins zusammen, in der Ich Mich voll Wonne, Ursprünglichkeit und Fabelhaftigkeit verliere.

3.12
Du lernst und lernst in allem Ernst und magst noch so viel Kundige nach Mir befragen, keiner hat Mich je gesehn, um etwas über Mich zu sagen. Das ist, weil Ich sie selber Bin, die Mich woanders suchen und so ihr Menschen-Göttersein verfehlen.

Kontinuierlich kannst du dich als das erfahren, was du Bist, und lässt damit die Schauermärchen über deinen Zustand leichterdings bachab ins Wesenlose fahren. O selig, wer zu solcher Einsicht aufgestiegen ist und sich zum Meister seiner selbst erkoren hat in seiner Nonchalance und Tüchtigkeit am Sich-im-Sein-Erleben.

Ich zögre nicht als Zögling Meiner eigenen Natürlichkeit und Losgelöstheit aufzutreten, um damit zu bezeugen, dass Ich Bin und dass Mein silberglänzender Gedankenfluss aus eignen Quellen sich ergiesst im unergründlichen und schroffen Seinsgebirge um Mich her.

Zweifellos Bin Ich dazu berufen Meines Freundes Freund zu sein in jedem Wesen, das da als Mich selber kreucht und fleucht in unergründlicher Beschaulichkeit, Bewunderung und Zirkulation.

Wo immer du Mich triffst, hast du den Nagel kräftig auf den Kopf getroffen und darfst dich rühmen, eine Spanne Meines Wesens ausgemessen und im tiefsten Grund entdeckt zu haben.

„Veni, vidi, vici" deklamiere Ich stets vor Mich hin und halte Mich damit bei guter Laune im so launischen Allhier.

Mein Erstaunen hält sich in den Grenzen, die Ich selber Mir erschuf. Nun Bin Ich grenzenlos geworden und habe damit alles, was da *ist,* gewonnen in der Wonne des Unendlichseins, die Mir seit eh und je aufs Köstlichste beschieden.

3.13

Von den Geisteshöhen tauche Ich ins tief in sich gefasste Menschental und bereite Mir den Angelpunkt, in dem Ich seitdem weise wissend Mich im Menschenvolk erlebe. Niemand noch hat Mich vom Thron der Hoffnung weggestossen, dass Mein

Weltenwerk sich endlich doch zum Besseren wendet auf des Seiens hocherhabner Spur.

Ich Bin vollgepackt mit glänzenden Ideen, die das Leben majestätisch und gerissen, angehalftert und beschaulich machen sollen in Myriaden hausgebacknen Szenen. Bei Licht betrachtet, ist noch alles mit der Möglichkeit der Innovation von wunderbar beseligenden Aktionen und Entfaltungen bedacht in vollendetem Format und Schaukelspiel.

Griffig und graziös, kontratänzerisch, musikgestreichelt muss das sein, was Ich am Laufband produziere. Einem Sapperlot wie Mir muss niemand Mores lehren, wie man Feste feiert und das Leben fest im Griff behält durch wohlgeführte Generationen.

Was immer sein mag ist, dass du das Tempo, das Ich ins Bestreiten Meiner Pflichten lege, nicht genug mithalten kannst; da ist es dann dein Job, dich sachgerecht zu sputen, um den Zug noch zu erreichen, der zur Eile pfeift kurz vor dem dampfenden und stampfenden Bewegen.

Hinzu kommt, dass Mir alles figalant und fertig von der Hand läuft, was Ich Mir ausgedacht und eingebildet habe. So etwas kommt für dich genauso gut infrage, wie es Meinerseits schon immer war. Kratzbürstiges Benehmen ist noch nie Mein Fach gewesen, doch du siehst beständig, was dabei herauskommt, wenn die Leute nicht vernünftig spuren und gesundet und gerundet denken, was sich ziemt und es wunderbar gesittet auch vollbringen.

Ich führe dich und alle zur gottesseligen Bewusstheit ihrer selbst und ihrer Gangart in die höheren Gefilde, die da *sind* in ihrem Geisteswesen. Ungenügen wird dann zur beglückenden Genügsamkeit. Mühsal wird besänftigt in der blühenden Natur, die sich schon immer als die Lebensspenderin a fond bewährt hat in glückselig aufgemachten Weltensphären.

3.14

Die Vereinigung mit Mir soll auch in deiner Perspektive an der ersten Stelle stehn. Mit Kleingeld ist da wenig auszumachen, da müssen grandiose Noten her, mit denen du dich bei Mir einkaufst durch Bezahlen deiner Schulden und Versäumnisse durch Jahr und Tag im Unergründlichen.

Ich wettere nicht gegen sie, doch wittere Ich Unbeholfenheit im höchsten Grade, wenn es darum geht, eine Brücke vom Dies- zum Jenseitigen zu schlagen. Mein erklärter Wille ist es, dich in diesem Fach zu fördern und dir Meinen Goodwill, Mein Rezept und Meine Güte zuzuhalten.

Was du nimmer wolltest, will Ich dir mit ultimatem Sachverstand und kreativer Seinsgewissheit schenkend in die Arme legen, dich von Meiner Seite als willkommen zu begrüssen und dir Meine Pläne für dein künftig Wohl zu offenbaren.

Unbeschreiblich sind die Freude und das Freigefühl, wenn du ins Jenseits bist gegangen, weil dort alles seinslebendig und seraphisch, traulich, liebevoll und heiter für dich abgeht und dir Herzensruhe und Gelassenheit beschert.

Du verwunderst dich nicht mehr über die skurrilsten Dinge, die sich vor dir, in dir und mit dir pausenlos vollziehn.

Nur die Allerwägsten können das präsentieren und zu denen sollst auch du dich ohne jedes Zögern frei heraus geschlagen haben. In dieser Hinsicht kannst du nie genug auf Meine grüne Seite ziehn und dich damit beschäftigen, ein Vorbild für die Welt und ihren schiefen Lebensstil zu werden. Von grossem Nutzen ist dir dabei das Vertrauen, das du in Mich hegst und dir des Seins bewusst bist, das du genau so gut wie Ich es stets in Meiner Regel, Richtigkeit und Herzensinbrunst trage.

Willfahrt ist Mir fremd, wenn ich dich dorthin dirigiere, wo Friede herrschen, wunderbares Seelenheil, Allgeborgenheit und Trautheit der Erlösten. Dort ist es licht und heil und stets vom Duft Elysiens durchzogen.

3.15

Karl V. meldete sich in der Seinsgeschichte an als einer, der profunderweise weiss, worum es geht und dessen Wort für hunderttausend andere sich Geltung, Bahn und Schwergewicht zu schaffen wusste. Von Epoche zu Epoche lasse Ich Mirs angelegen sein, bedeutenden Gemütern das Heft, die Haftung und den Willen in die Hand zu legen, Festgefahrenes zu lockern und damit allgemeinen Fortschritt zu bewirken.

Die Gewieften merken sich, zu welchem Zweck die Weltenstunde schlug und in welche Richtung sich die Schreitenden ins Künftige zu bewegen haben.

Ich wickle niemand um den Finger, aber zeige doch mit Nachdruck und Entschiedenheit dorthin wo's lang geht im Getriebe und Geschiebe der beschaulichen Gemüter.

Niemand soll von hinnen gehn, ohne seinen Part und Plural, seinen Seinsbefehl und Stoss manierlich aufgebaut zu haben.

Ohne was Geziemendes geleistet und in Meinem Sinn verfügt zu haben, lasse Ich dich nicht passieren, geschweige denn vor dem gesamten Generalstab paradieren, der sich anmasst, ganzen Nationen regelrecht den Takt zu schlagen.

Bei Mir geht es dort hin, wo alle anderen noch nie gegangen sind nach ihrem Gusto und Vergnügen. Mir liegt die allgemeine Wohlfahrt immerzu am Herzen, weil Ich ihrer Regel Ruf und Recht, Bestimmer und Gewinner Bin im Wunderbaren. Das bedeutet, dass Mein Wille überall Bedeutung finden muss und Wohlgeraten, Anschluss ans Unendliche und namenlosen Seinsgewinn für alle Lebenssituationen.

Ich rechne hoch und nieder, auf und ab, um rasch herauszufinden was sich ziemt und was getan sein muss, um alles in die rechte Bahn, Untrüglichkeit, Perfektion und Mustergültigkeit zu leiten.

Es mag kommen wie es mag, es kommt doch immer so, wie Mein Bedenken und Verschenken, Lenken und Verfügen es bestimmt hat in der grandiosen Seinsarena, die seit Urzeiten vor Mir wie vor den Gläubigen des vorwärts schreitenden Elans im Himmelblauen liegt. Bist du es gewesen, so Bin Ichs noch viel mehr und Bin dem hocherhabnen Sein erlesen, wahrhaft, wohlgemut, verbindlich, licht und elitär.

3.16

Was kommt dich an, so bündig und entschieden aufzutreten, dass die Leute nur so staunen über den enormen Wandel, der sich unverhofft mit dir vollzogen hat, im bürgerlichen Leben.

Worüber regst du dich nur auf, wo sich alle längstens damit abgefunden haben, da kannst du Besseres und Nützlicheres tun. Geselle dich zu Mir und weihe dich der Einsicht, die Ich dir aus Meinem Kabinett des reinen Seins vermittle, dass das All sich alleweil konstituiert aus Myriaden hochaktiven und bewundernswürdigen Gedankensplittern, die sich zur universenweiten Einigkeit verbunden haben. Das All erscheint dem übersinnlichen Betrachter als recht homogen und zugleich als allwirkende Substanz aus abervielen Seinspartikelchen von überragender Intelligenz und geistbeseeltem, majestätischem Gehaben.

Das ist das *Es,* als das Ich vor Mir selbst erscheine und Mir die fabelhaften Illusionen zubereite, die das Leben sind, das sich für Zeiten wie für Ewigkeiten in sich selbst behauptet und aufs Köstlichste bewährt.

Auf diese Weise habe Ich Mich selbst schon durch erkleckliche Äonen bis hieher getragen an die Spitze der unendlich zielbewussten und ergiebig inszenierten Evolution, von der sich alle, die da *sind,* persönlich überzeugen und befruchten lassen können.

So einfach ist's: „Ich weide Meine Schafe", vor dich her zu sagen. Und so diffizil wird es, wenn diese sich zu einem Myriadenheer vermehrt und als eigenwillig ausgeprägt und dargestellt, konstituiert und für sich eingerichtet haben.

Da hilft nur Gemeinsamkeit von allem mit dem Allgemeinen wirklich weiter und führt zu Blütezeiten noch und noch in wunderbar harmonischem Gezwitscher und Geläute. Dazu kommen seinsgerechte Läuterungen und Erfahrungen aus etwas, was sich der Liebeswonne zugewendet und verschrieben hat in corpore. Machst du mit, so hast du dich als *Es* erkannt und wirst es ewig unerschöpflich bleiben.

3.17

Bebend leben weist auf Unvollkommenheiten hin, die sich zu einem Trunk- und Trauerspiel gekürt und ausgeufert haben. Du Bist nicht der, für den Ich dich gern halten möchte, im Mass und Ausmass wahrer Menschlichkeit, so wie sie Mir beschieden. Das kratzt sowohl an deinem Hinterkopf wie auch an deines Seelenseins Gefieder und weiss nicht ein noch aus in der Begrenztheit, die dich überkommen.

In diesem Zustand und Verzagen greif Ich gütestrahlend ein und offenbare dir die Werte wahren Seins und seinsbewussten Überlebens. Nicht Klarheit missend will Ich dich darben lassen, derweil du seinsgelassen in die Runde schauen könntest, unbeschwert und unbescholten im bewundernswürdigen Allhier.

Ich verstehe dich, derweil du noch bockbeinig stehst, statt eifrig und eilfertig, zielstrebig und behutsam vor dich hin zu schreiten mit der Absicht, mehr und mehr vom Weltsein wie von deinen Hintergründen zu erfahren, seinsprophetisch, minnesängerisch und zirkular. Du Bist so kostbar, köstlich und dem wahren Sein verschrieben und willst es nimmer wissen, weil der Kiff und Zoff der Welt dich bodigte und du das Flattern arg verlernt hast in den reinen Höhn.

3.18

Wer entwirrt, muss sich mit ganzer Seele in die Riemen werfen die den Karren schrittweis vorwärts ziehn. Was sich daraus ergibt, kann sich wohl sehen lassen in der Kunst der köstlichen Kadenzen, die Geschick, Erfahrung, Raffinesse und Verschmitztheit offenbaren.

Ich allein weiss, was es dazu braucht ein Weltsystem zu planen um es hernach mit Verbissenheit, unendlicher Geduld, gestähltem Willen, Nachdruck und gottseliger Gestimmtheit aufzubauen.

Das zeigt, wie sehr Ich auf Erfolg erpicht und ausgerichtet Bin in langen, wie in kürzlich neu erfundnen, Meisterzügen. Meine Felle schwimmen immer obenauf, wo Myriaden andre schmählich und verdrüsslich untergehn. Das macht der Auftrieb, der sie schwimmend und dezent erhält selbst in gierig reisserischen Wassern wie der Reuss, der Maggia oder gar der Giessenfall im Berner Bauernländchen.

Wer gähnt, bringt Langeweile und Gedankenlosigkeit zum Ausdruck, die ihm gewaltig auf den Wecker schlagen. Warum denn das? Er könnte doch zur nächsten besten Gabel greifen und sie nach dem Vorbild Uri Gellers auf und ab verbiegen oder damit einen Kopfsalat bestechen. Konsequenterweis verfolge Ich den Glauben an Mich selbst und kann damit erfahren, was es heisst, bei der Stange und beim einmal eingefädelten Statut zu bleiben. Da folgt die Selbstbewusstheit wie von selbst auf sanft gewundner Spur und moduliert und onduliert den Heilstrom der Gedanken, die behände, sicher und bewusst zu gloriosen Taten fliessen.

So und sogleich wendet sich dein Leben einer fulminantem Besserung entgegen, die verhält und auf der Stelle tanzt statt müssig stillzustehn. Das macht den Unterschied zwischen den belämmerten Banausen und den Unternehmenslustigen, die immer was Erkleckliches hervorzubringen und zu bieten haben. Ihnen widme ich Mein Wort, Mein Lob und Meine flatternde Standarte, die verkündet, was sie *sind* und was Ich Bin in ihnen: ein Generator reiner Lust am Sein und Leben, ein Williger mit Stosskraft ländlich und global und ein Vermittler unsagbarer Wonne, aus dem Unendlichen vermittelt und kredenzt in himmelblauem Selbstgenügen.

3.19
Ich verlege Mich aufs Träumen, wenn Ich nicht mehr weiter weiss mit Meiner vielgerühmten Denkkultur. Dabei lösen sich die angesammelten Blockaden und gewähren freie Fahrt auf was Ich Bin in Meinem angestammten Sein und Wesen.

Ich liebe es, den längern Hebel umzudrehn und damit den Vorteil zu geniessen, den er bietet, in der Auseinandersetzung Meiner selbst mit allem Leben um Mich her.

Es freut Mich ungemein, wenn Mir der Lebensstil aufs Haar gelingt, den Ich für Mich ausgedacht und bestens eingerichtet habe.

Ich Bin dem, was alle unternehmen wollten, zügig und gewissenhaft zuvorgekommen. Das will Ich Mir auch künftig leisten im gesamten Weltbetrieb, den Ich mit Vehemenz entfacht und tadellos im Gang gehalten habe.

Ich muss nur Meine Schlüssel drehn und schon beginnen Myriaden Rädchen anzulaufen und zu springen frischfröhlich vor sich hin, wie Ich es will und für angemessen halte.

Mein Plansoll ist auf jeden Fall erfüllt so zeitig, dass *Ich* noch einen drauflegen und bewegen könnte mit gottseliger Bravour.

So schreit Ich unbeirrt voran, wo noch so viele mühsam um den eignen Brei herumzuhinken pflegen. Das macht sie mürbe, währenddem Ich munter bleibe bis zur nächsten guten Tat, die Mir zu tun gefällt in Meinem Weltregieren.

Ich mache Mich bewusst so grandios, dass alles andere als mickrig, mausgrau, veraltet, ungehobelt, nutzlos und vertan erscheint vor Meinen Augenrädern, die bis in namenlose Weiten Scharfsicht zelebrieren..

Gelenkig Bin Ich trotzdem und schlängle Mich wie eine Ringelnatter durch das Sein, das Ich auf Meine wonnevolle Art und Weise zu pràstieren, transponieren, modellieren und beseelen habe.

3.20
Allen Ernstes nach dem Höchsten langen kann nur Ich, indem Ich selber Mich ins Auge fasse und Mich als das erkenne, was Ich Bin: das Sein mit seiner

Wissenschaft und seinen Myriaden sinngeladnen Funktionen.

Demnach ist, was Ich durch Mich erlebe, auch in deinem Reich und Reichtum zu erfahren und Meine Züge fügen sich den deinen vollends ein und sind von diesen nie und nimmermehr zu unterscheiden. Ich verschaffe Mir in jedem Fall die Achtung, die Mir rechtens auch gebührt, derweil du ganz dieselbe noch verachtest in der Sucht, dein Klitzekleines grandios und dein Grosses minikrim zu machen.

Evolutionsbedingt erlöse Ich dich vom dem Drang nach minderwertigen Gedanken und lasse dich dich selbst im Spiegel göttlicher Vernunft beschauen. Das ändert mählich deinen Sinn und versetzt dich in den Zustand schöpferischer Ungebundenheit bedeutender von Tag zu Freudentagen.

Geliebt sein will noch jeder, doch die Liebe selbst prästieren ist nur Mir, dem reinen Sein, gegeben und vermyriadenfacht sich in all denen, die sich Meinem Wesen, Wirkfeld und genialen Seinsprinzip aufs Innigste verbunden fühlen.

Kennst du einen, der sich Wolfgang Amadeus nannte? Den kannst du dir zum Beispiel nehmen für ein seinsvollendetes Geschöpf, dem man von weitem ansieht, welche Götterkraft ihm innewohnt und welche Qualitäten seine Kompositionen intus haben.

Meine Griffe sind zuvörderst auch die Griffe nach den Sternen, die Mir so geläufig sind, dass Ich in ihnen schwelge und damit im All Mein Kapital wie Meinen Grundsatz finde. Dieser heisst: Elysischer kann Ich nichts finden als die Wonne der Erkenntnis

Meiner selbst im Hiesigen sowie im Unergründlichen von dem, der *ist* in seinem geistgesättigten und liebevollen, unerforschlichen und allpräsenten Habitus, Beziehungsfeld und mit Charakterlicht getinkten Wesen.

4

Bietest du was an

4.1

Der Leviatan ist schon so gross, dass er sich selber fressen kann, so wie der Frosch, der sich gewaltig aufbläht nahe zum Zerplatzen. Similär verhalten sich die Lebensdinge, wenn sie plan- und ziellos wachsen bis zum Gehtnichtmehr.

Willst du fasten, stärke ganz zuvörderst deinen Willen, damit du das zu leisten fähig bist, was du dir vorgenommen und nicht verführt wirst von der Lust, es einfach schön und gut und lustig und bequem zu haben.

Du treibst dich selbst in mannigfache Charaktere, die je nach Windstoss und Gelegenheit für einmal das, oder das genaue Gegenteil davon, mit Vehemenz vertreten. Bei Mir kommt nur das eine und die Einheit aller Welterscheinungen und Simulationen in Betracht, nämlich das „Ich Bin", an dem des Universums Kränze, Katapulte und Krausköpfigkeiten hangen.

Willst du Lichtmess feiern, so feire sie mit Mir zu deinen namenlosen Gunsten, die dich vom Trauma des Umnebeltseins erlösen. Ich Bin das Strahlende an sich und Meine Lichtkraft reicht vom einen Ende Meiner Selbstheit bis zum anderen, ohne im Geringsten abzunehmen.

Kannst du noch so tüchtig, eifrig und verbissen zählen, beginne lieber nicht bei Meinen Sternen und Atomen; du würdest bald ins Abseits jeder Wirklichkeit und Seriosität geraten ob der Springflut um dich her. Es ist das Unermessliche, dem Ich Mich mit Haut und Haar verschrieben habe und das sich bis ins Jenseits aller Dinge breitmacht, in der Folge seines Über-sich-Verfügens. Daraus folgt der

Wunsch, Mir selber gänzlich zu genügen und in der Andacht Meiner Geisteszüge selig in Mir zu beruhn.

Der Spielraum ist immens, den Ich in dieser Hinsicht noch vor Mir wie in Mir habe, derweil Ich stets dahin tendiere ihn zu vergrössern ob der Wonne, die Ich unweigerlich dabei verspüre.

4.2

Beliebt sein magst du wohl, doch um dein Fell zu retten, braucht es deine Tüchtigkeit im Pläneschmieden, sowie diese zu verwirklichen, mit Meiner Hilfe Garen.

Du kennst das Sein an sich und beginnst, dich nicht mehr nach dem Wie, Warum und dem berühmten Rattenschwanz zu fragen, der mit allem, was da *ist*, einhergeht, revolutionär.

Ich weiss, wie man gebührend auftritt, auf die Pauke trommelt und sich überall Gehör verschafft, wo Ohren sind zu hören und Augenlider, um sie aufzuschlagen.

Bietest du was an, so musst du künftig zünftig über deine Haut gebieten, denn so wie du dich anlässt, wirst auch du gelassen werden in der Folge deiner Mischmasch- oder Liebestaten. Dich wegzuwerfen brauchst du nicht, aber dich bewusst verschenken bringt recht viel im Zuge deiner herzensklugen Investitionen. So nämlich bist du von Mir vor jedem Unheil wissentlich und willentlich gefeit, das dich in etwa treffen könnte in Momenten des Pausierens.

Du glänzest, doch den Glanz der Sterne wirst du trotzdem nicht vermissen wollen. Ihrem nächtigen Geflecht zu folgen wird dir ein enorm gesteigertes

Bedürfnis sein, um dein Seinsgewissen bis ins Unermessliche zu weiten in der gottgewollten Tat.

Deinem Herzensjubel geht das Stillesein vor Mir bewusst voran und bringt dich alleweil und herzenstief mit Mir zusammen, die wir bündig sind und uns selbander alle Ehre und Gerechtigkeit, Willfährigkeit und Nützlichkeit erweisen wollen.

Die Tugend ist es, die uns jung erhält, und die Jugend führt uns alleweil zu neuen Wundertaten. Gewinnend sein ist immer auch mit Seinsgewinn verbunden und macht dich fähig, jedermann ins Auge und ins Herz zu schauen, um ihm einen Dienst und eine Wohltat zu erweisen. So geht es Mir und soll es dir ergehn, damit das Leben rund läuft und gediegen, vorteilhaft für alle und ereignisvoll in grandiosen wie in minikrimen Meisterzügen.

4.3

Die Offenbarung Meiner Geistesqualitäten weckt in Mir den Drang, Bedeutendes zu leisten und weltweit stets an erster Stelle, Stabilität und Knackigkeit zu stehn. Ich verbandle, was Ich Bin, mit immer neuen Tönungen, tonangebenden Substanzen und brillanten Offenbarungen, die Mein Sein zur Virtuosität, Diversität und überragenden Begrifflichkeit entfalten.

Wo du hinsiehst, Bin Ich da in einer Seinspräsenz und Wachheit ohnegleichen. Mein Wahrspruch lautet: geht es heute nicht, so geht es morgen weiter unentwegt mit Mir voran in grandiosen, kerngesunden Zügen. Meine Griffe und Begriffe sind intakt und fügen sich im Takt zu dem zusammen, was Ich schauend will und was die Lebensdinge an-

anheizt, moduliert, klassifiziert und stilisiert, bis sie vollendet vor Mir liegen.

Ich weite aus, was Myriaden Hasenfüsse eingeengt, versenkt und als unnütz wegbedungen haben. Aufmerksam auf alles trage Ich zum Allerbesten bei, was jederzeit entstehen will und kann in Meiner Hochfahrt wie in Meinem solitären Seinsgenügen.

Gelehrig Bin Ich schon immer bis aufs Mark gewesen und habe Mir im Markt der Meinungen gerade das gemerkt, was für Mich und damit für die Universenwelt gerade nützlich, tunlich und plausibel war. So modulieren sich die zu Hoffnungen erhobnen Wirklichkeiten, denen man von weitem ansieht, dass sie dem göttlichen Genie und seinem unerhörten Schaffensdrang entspringen.

Kreativität von Meinem Rang und Namen ist nach wie vor aufs Innigste wie Äusserste gefragt und wird auch von Mir wie nichts gepflegt und wonnevoll auf Trab gehalten. Aus einem Bündel Nichts ist so die Weltenräumlichkeit geworden mit Sternenspray, eruptiven Feuern und explosiven Lichtgiganten, die das Zeug für neuen Sternstaub in sich tragen.

Mein Wille ist das Allgebot, das Ich auch dir mit Vehemenz und ausserordentlicher Wirksamkeit entbiete. All das Bin Ich und Bist du und siehst es wie von Ferne in dir wachsen und im Geisteslichte untergehn.

4.4

Des Langen und des Breiten will Ich dir erklären, wes Vaters Kind du Bist mit deinem Eigensinn und den im Lichte stehenden Gemeinsamkeiten. Weltfern kannst wohl du dich fühlen, mit deinen seinsabsurden Machenschaften und Verunglimpfungen der naiven, gütesprühenden Natur. Ich hingegen weiss durchs Band genau, was sich geziemt und wo der Hebel anzusetzen ist, um sagenhafte Resultate und Verdienste zu erzielen.

Wie das so ist: dem Tüchtigen gehört die Welt und der Banause muss sie schmählich fahren lassen. Nicht bieder sollst du dich verhalten, sondern punktgenau auf das gerichtet, was du mit Müh und Not und Glamour zu erreichen trachtest, ohne allzuviel nach links und rechts zu schielen.

Meine wohlbewährte und manierliche Methode lautet: geh geradewegs dorthin, wo du von kompetenter Stelle her beraten und bedient bist in der Fülle deiner Wünsche, prächtigen Ideen und Erwartungen am sinngemässen Leben.

Wie Butter an der Sonne schmilzt dir mancher trefflich aufgemachte Brocken leichterdings davon, derweil die selteneren festen Stand, Bestand und Anstand offenbaren.

Das wird sich vehement verbessern, wenn du den Dreh gefunden hast mit Mir auf allerbestem Fuss in jedem Fachgebiet zu stehn, dem du dich zuge-wendet und verschrieben hast in Folge fabelhaften Vorwärtsschreitens. Das hat dann die Tendenz, sich unaufhaltsam, menschenwürdig, vielgepriesen und charmant einem gloriosen Ende zuzuwenden.

Wie von Sinnen wirst du dann dir selber applau-dieren, wenn es dir gelungen ist, von allen vieren dich in allerhöchste Höhen der Begeisterung und Anerkennung zu erheben.

Das bewirkt die Schätzung, sowie die Gemeinsamkeit, mit der im Geiste wirkenden und reüssierenden Elite vor dem Herrn der Welten, der Ich Bin, und dessen Meisterzügen deine mählich immer besser gleichen sollen.

Verstehst du Mich, wirst du auch dich und deine Schmankerl immer inniger und ausgefeilter, verständiger und gängiger verstehen können. Das ist der Witz der Weltensache, dass du sie verstehst und an Meiner Hand in ihre tiefsten Tiefen gehst voll Mut und mit den besten Resultaten.

Was dich wahrhaft elegant, geschliffen und mit Mir verbündet darstellt, kannst nur du sein mit dem erklärten Willen, dem Allgöttlichen in dir zu dienen und zu folgen in der Folgerichtigkeit und Wonne der Erlösten.

4.5
Dona nobis pacem, welch verheissungsvolle Melodie, die die Weltenbürger vor sich hin zu murmeln pflegen, liebevoller gehts nicht mehr. Zweifellos ist das für dich die richtige Methode, um von Meinem Gottesglanze niemals abzuweichen und das Leben glaubhaft zu bestehn.

Ich weite aus, was immer Ich in kleinen Zellen angelegt und zum Wachsen angeregt und mitgerissen habe. Auch du bist dazu aufgefordert, deine Wesenskräfte sinngemäss, tatkräftig und behutsam einzusetzen, damit sie regelrecht florieren und ein Beispiel sind des Seinsbegreifens und der wohlgesetzten Tat.

Willst du bescheiden sein, so hüte dich davor, noch jeden Handstreich, jeden Floh und jeden bunt florierenden Gedanken sogleich an die grosse Glocke und Verbindlichkeit zu hängen. Sie verharren dort meist ungehört und ungesehn und lassen dich auf offner Strecke unbarmherzig liegen.

Lass es dir gesagt sein, dass Ich Mich, so wie Mein Umfeld, ständig sauber, koscher und dezent erhalte.

Ich gewinne stets, was Unachtsame um sich her verloren haben und trachte danach, es ihnen treulich wieder zuzustellen, damit sie es in Zukunft besser zu hüten und beschützen mögen.

Was Mir frommt, soll künftig auch dein Sein aufs Tunlichste beleben. Was sich dir entgegenstellt, wird von Mir bis zum letzten Rest und Risiko besiegt und ausser Kraft gesetzt und ausgestochen werden.

Meine Ränke sind von deinen himmelhoch zu unterscheiden, denn sie fügen sich wie Sammet ein, derweil in deiner Forschheit und Verzweiflung, Minderwertigkeit und Bosheit liegen. Es ist das kleine Ich, das deine Flügel lähmt, und dennoch wird und muss das Grandiose, Götterlichte in dir mählich, mustergültig und geruhsam siegen.

Das im Geistessinne Konstruktive hebt sich über allen Unwert freudevoll empor und lässt sein fabelhaftes Seinsgeschick vollendet und manierlich spielen, dir zum Heil wie zur gelinden Wonne der Gerechten im gütestrahlenden und sinngeladenen Allhier.

4.6

Sich passiv verhalten ist wie an der Reling sitzen und bedauernd zuzuschauen, wie das Linienschiff von dannen fährt. Kommt dazu, dass dich das Heimweh plagt nach einem Unbekannten, das in der lichten Ferne liegen muss und darauf eingefuchst ist, dich unendlich zu beglücken.

So stets mit dir und zahllos Anderen, die suchen und noch nicht gefunden haben, die finden und erkennen, dass es nicht das Rechte ist, nach dem sie sich gesehnt und umgesehen haben.

Quellfrisch will's jeder haben, der was von Gastlichkeit und gutem Ruf versteht in seiner Eigenart als Kunde und Geniesser, Quereinsteiger und geschätzte Rechtsperson.

Ich liebe es, Vergleiche aller Art heranzuziehn, um dem Gewicht und Ansehn zu verleihen, was Ich unbedingt erreichen will in Meines Daseins silberhellen Äusserungen. Nun, Meine Tugenden sind Legion, mit deren Hilfe Ich Unendliches erreichen will mit dem erklärten Ziel, bald selbst einmal unendlich und erhaben, unantastbar und vollends gestillt zu sein in Meinem kapitalen Seinsverlangen.

Grüsse aus dem Jenseits magst du nennen, was Ich dir am Laufband frisch gebacken präsentiere. Schliesslich soll es dir dazu verhelfen, eine Lebensqualität und Stellung zu erreichen, die sich wahrhaft sehen lassen kann im gloriosen Weltbetrieb.

Du kannst dir Meinen Wahrspruch in die Ohren schreiben: gut ist gut, solang es ausgegoren und mit freiem Sinn geboren und herangezüchtet worden ist. Das wird dann zu einem fabelhaften Beispiel von Beharrlichkeit, Geruhsamkeit und gutem Willen an der Geistesprozedur, die Ich von allem Anfang an vertreten habe.

Mir nichts, dir nichts kann nichts Wesentliches und Erbauliches geschehn. Da müssen Geisteskräfte her mit straffem Willen wie mit der Sehnsucht Grandioses zu erreichen im belebten und bewegten Weltenpool. Damit will Ich sagen, dass es ohne Meinen radikalen Einfluss nimmer geht und dass Mein Schöpferwort noch stets zum Besten zählt, was *ist* und was den Lebensdingen Form verleiht in Hülle, Fülle und Behutsamkeit und Im-sich-lebendig-und-dezent-Bewahren.

Meine Schlüsse sind wie eh und je vom Feinsten, was du dir erdenken kannst und was du auch erlebst, wenn du nur das erlauschen willst, was dir gebührt und was dein Wonnesein begründet und unendlich pfiffiges Erlaben.

4.7
Jerusalem und deines Daseins bittre Klage. Was dir angehört, ist Weltgeschichte, Menschheitskrieg und Korrektur des laufenden Geschehns zum besseren und geistverlornen Ideal.

Der Eine kam und küsste diese Erde, um alles auf ihr Seiende grundsätzlich von der Selbstbetrachtung zu erlösen. Mir die höchste Ehre zu erweisen ist schon alle Zeit der Zweck der Übung wie der Zwick an Meiner Geisselung gewesen. Was dich immer weiter auferweckt, ist eben doch das Weh in deinen Wesensgliedern, das dich schliesslich zu Gottseligkeiten führt von nie erlahmendem Debüt und immanentem Ewig-Dauern.

Ich strenge Mich so an und muss auch dich dahin belehren, dass der Herzensfriede sich nur einstellt durch die ernste, freudevolle Tat.

Du sollst dich indes niemals brüsten über das, was du erreicht hast, in des Lebens Lied und liebevollen Gesten an dir selbst sowie an denen, die dir zugeordnet sind im konjunktiven Weltbetrieb. Explizit gesagt, sind sie ein Teil von Meinem weitgefächerten Programm, mit dem Ich Meine Kräfte kunstgerecht prästiere.

Schlussends fällt alles, was einst von Mir ausging, wieder zu Mir selbst zurück um der Einheit willen, die das Sein beherrschte immerdar.

Wer zappelt da im Netz der tausend festgeknüpften Eigenheiten? Ich in dir und du in Mir mit unerhörter Raffinesse und zugleich Blamage, Kapitulation, Schamhaftigkeit und Kniefall vor dem eignen Lebensstil.

Was dir so lieblich schien musst du abrupt verlassen, und was du als das Nonplusultra deiner Gangart und Gerissenheit betrachtetest, wiegt plötzlich nichts mehr auf der Waage göttlicher Gerechtigkeit, Beförderung und Himmelsgrazie im selben Zuge.

Unbill ist in Meinem Reiche winzig klein geschrieben, derweil sie in deinem wuchert wie noch nie. Das kannst du gründlich ändern, indem du dich Mir völlig anvertraust und damit dein Wonnesein begründest, tatsächlich, treu und lebensfroh.

4.8

Worauf zielst du, wenn du sicher treffen willst mit deinem Kniefall vor der eigenen Bravour? Aufs Herz der Dinge, die dir regelrecht im Wege stehn. Da gebe Ich dir zu bedenken, dass die Widerstände nicht vernichtet, sondern umgewandelt werden müssen: Schlecht in Gut, Schroff in Freundlich, Abgelehnt in Hochwillkommen. Das ist Meine Regel für die Evolution der Lebewelten wie der Herzlichkeit, Entschiedenheit und Harmonie.

Wo kommst du her, will Ich dich fragen, wenn nicht aus Meinem Umkreis, Meiner Attitüde, wie dem Willen, alles wie am Schnürchen aufzuziehn und darauf nach eignem Belieben sich entfalten und ergehn zu lassen. Ich weise die zurecht, die flatterhaft zu werden drohen, und leite sie auf Wege, die mit Fug und Recht als günstig und korrekt, gewissenhaft und gütig gelten.

Kommt es für dich infrage, etwas gänzlich Neues, Unerforschtes, Weltbewegendes und Brisantes durchzuziehn? Natürlich ja, wirst du in einem Freudenschwall erwidern, doch unter der Bedingung, dass die überird'schen Schöpferkräfte ihre Hände mit im Spiele haben. Das gibt einen Mix von ausserordentlicher Qualität und sittlichem Benehmen.

Für Mich versteht sich das von selbst, für dich jedoch gibt es am gotteswürdigen Gehaben noch Abervieles auszubügeln und dem Standard der gottseligen Gemeinschaft anzugleichen.

Da weiss Ich besser, was sich ziemt, weil Ich schon vieles ausprobiert und zum Erfahrungsschatz geschlagen habe.

Keine Wende kann für dich so hoch bedeutend sein, wie jene hin zu Mir in Meine wonnevollen Abgeschiedenheiten. Dort Bin Ich da als einer, der's geschafft hat höchst innovativ und fantasievoll, wohlmeinend, allumfassend und erfolgreich vorzugehn. Mit dieser wundervollen Perspektive kannst auch du für Zeit und Ewigkeit vorangehn und dabei dich selbst erkennen, als das Es, das alles regelt und belebt, griffig macht und ausgewogen.

Kongenial selbander mit Mir durch Äonen fortzuschreiten ist ein Auftrag und ein Ziel von nie verebbender Souplesse und Gewandtheit in der Tat. Ich Bin es Mir gewohnt und du wirst dich stets freudevoller und bewusster daran zu gewöhnen haben. Wach auf und sieh, was dir bevorsteht, merke dir das Viele und trete zugleich in den Dom der Einheit, Einigkeit und Fülle ein von Meiner Heiligkeit im Seinsbegreifen.

4.9

Metamorphose muss auf allen Ebenen geschehn, die dich wie Mich betreffen in der himmlischen wie irdischen Broschur. Ich will und muss das Ganze ständig in Bewegung halten, damit es keine Fäulnis ansetzt und Verrottungen entstehn.

Wer liebte nicht den Jubel der Begeisterung am sinnerfüllten Leben wie den Auslauf in die Gärten und Gemarkungen Elysiens, die in seinen Fantasien wie von selbst entstehn? Wem fiele nicht intense Freude in den Schoss ob der Sicht auf all die mustergültigen Verwandlungen, die mit ihm vor sich gehn? Nirgends ist ein Bleiben und dennoch bleibt dir das gelinde Sein und Sinngedicht seit eh und je aufs Trefflichste erhalten, auf des Weltenlichtes Spuren.

Alles, was du Fortschritt nennst, ist Meines Schreitens Majestät und Wirklichkeit im Unergründlichen, dem Ich Mich ganz und gar und offenbar verschrieben habe. Ich mein` es immer gut mit dir, genauso wie Ich es mit Mir auch meine. Das geschieht im Leben und Äonensein, Lieben und Befördern aller Werte, die da in Gedanken und Gefühlen ständig vor dir auferstehn.

Was Ich dir verheisse, heisst zugleich Verwirklichung in vollen, runden Zügen generalstabmässig auf der Fahrt und Fährte ins Glückseligsein in Mir. Gar nichts ist bei Mir wegbedungen oder abgeschrieben, was dir begeisterndes Beginnen oder seliges Erinnern in der Tat bescheren könnte. Alle sieben Sachen Meiner Zunft und zünftigen Ägide sind genau so gut die deinen in der Unterhaltung und Beschäftigung, vertrauensvollen Auseinandersetzung und Beziehung, die wir miteinander pflegen. Das vertieft sich stets im Sinnen über allen Sinn, der sich im Weltgeschehen universenweit verbreitet, auslebt und ereignet auf des Geisterfüllens genialen Spuren.

Es wächst und wächst, was wachsen will, in ungemein gefälligen und figalanten Meisterzügen. Woher, wohin ist nicht so wichtig wie das Gegenwärtigsein, das in Impulsen schwelgt, die alles Sein voll Lust und Lieblichkeit, Vertrauen ins Gelingen und Holdseligkeit ins Freudesein erlösen. Elysien ist da, wo Sein ist und beglückendes Erlaben.

4.10

So viel Treffliches ist an der Welt geschehen, als Ich vom Grabe auferstanden war am Ostermorgen in Jerusalem. Gotteslicht durchflutete die Stadt und Mich im Geiste konnten jene schauen, die für alle

Zeit mit Mir verbunden waren. Licht vom Lichte strömte in ihr Herz und erhellte alles, was sie waren, hellt es heute noch, um sie in Klarheit, Lebenswonne und beglückende Bewusstheit einzutauchen.

Nun herrscht Friede in dem Land Arkadien, wohin sich die begeben haben, die schon wussten, wo Ich aufzufinden war. Freude, Wonne und Genügsamkeit am Sein und Leben prägen alles um, was *ist,* und verleihen ihm den Duktus unerschöpflicher und gütestrahlender Allgöttlichkeit in der sie *sind* und selig sich im Sein erleben.

Hüte, was du Bist, will Ich dir damit leis besagen. Verwandle dich in ein von Mir begnadetes und seinsbegabtes Wesen, dem nichts abgeht von der Geistesgegenwart in Universenweiten.

Nun ist alles gütlich und gekonnt getaucht in ein Verfahren, das verhält und an dem die Götter, wie die götterlicht Gewordenen, beseelten Anteil haben. Ihr Allvereinen ist mit überwältigender Nonchalance und Liebenswürdigkeit geschehn und trägt sich fortan fort und fort im selben lichtbegnadeten und wonnevollen Stil.

Kunst ist Gottesgunst im Überall der Welten und liebevolle Tändeleien spenden dir darin Besonnenheit, Holdseligkeit und Herzensfrieden.

Die da *sind,* sind sich ihres Seins bewusst geworden, schlüssig und plausibel. Ihnen winkt Wahrhaftigkeit und Schönheit genuinen Existierens immerdar in einer Fülle, die die Erde wie den Himmel ziert und alle Zierlichkeit der Welt so recht begründet und aufs Innigste mit Mir vereint.

4.11

Das Fenster auf, das Fenster zu und zwischendurch die rechte Weise, Mich mit allem zu verbinden, was da füglich und vergnüglich sich mit Mir vereinen will im unermesslichen Gewoge. Wer sich opfern kann, Bin Ich, mit überragendem Begaben, und wer sich in sich selbst zurückzieht, ebenso, indem Ich Mich in ihm bekräftige aus eingeborner Synergie.

Ich Bin der Wirt der Schenke, die da *ist* vor dich gebreitet als im Waldhof, in der Stadt, wie in den geistigen Dominien, die Ich mit grosser Umsicht und Gewähr für Qualität begründet habe.

„Von dannen wird er zum Gerichte kommen", heisst es in den weisen Schriften der Gelehrten, die die Wesenswelt zutiefst begriffen haben. Doch für die, die wollen, komme Ich schon jetzt und überkomme sie mit der Gediegenheit und Fruchtbarkeit der funkelnden Gestirne, die da alles Leben spenden und vertraulich und erbaulich sind mit dir.

Lässt du eine Osterkerze brennen, bezeugst du damit, dass du gläubig bist in Meinem Sinne wie in Meinem Mich-wie-dich-im-Ewigen-Bewahren.

Gott sei Dank berührt dich das, was Ich hier meisterhafterweis besage. Es frischt dich auf und hilft dir dem Unendlichen, mit dem Ich dich begaben will, zum Durchbruch zu verhelfen. Innovativ Bin Ich in dieser Hinsicht immer schon gewesen und lade dich inständig dazu ein, Mir Folge und Tribut zu leisten auf der Ebene der Wahrheit, Wachheit, Schuldigkeit und Liebenswürdigkeit vor Mir.

Ich gebiete und befolge selber, was Ich universenweit prästieren und erreichen will in Meinem Eifer, alles mit der grossen Kelle anzurühren. Das gibt dem Ganzen einen Drang und Drall von übermenschlichem Bedeuten und bezieht das Menschliche geschickt und adäquat mit ein in gloriosen Massen.

Milde lass Ich walten, wo sie angebracht ist bei den dürftigen Gemütern, Strenge jedoch, wo`s die schiere Pflicht befiehlt. Das ist die Doktrin, die alles regelt und zur Wonne des Gerechtseins führt an Meinen Seinsgestaden.

4.12

Wir brechen auf in eine neue Heimat, Halleluja, in ein Zuhause also das verhält und uns den Herzensfrieden bringt, den wir so sehr ersehnen. Wappne dich und *sei* und halte dich getrost an Meine grüne, kühne Seite im Allhier.

Ich Bin beständig und geständig, dass das Leben sich verhält, wie Ich es frei heraus besage und erfolgreich intus habe jetzt und immerdar.

Ich gleite so dahin als wie auf Adlerschwingen und vertraue Mich den lauen Lüften an, die Mich in alle Weiten und Wahrhaftigkeiten tragen. Gesellig Bin Ich schon und habe Mich dem Sein verschworen, damit Ich allezeit mit allen Wesen, die da *sind,* verbunden Bin und bleibe.

Wo Ich immer raste, raschelt es um Mich von Myriaden Ruhbedürftigen, die bei Mir und mit Mir Einkehr halten, wo Ich Meiner Nächsten Schuld vertage und der Geschäftigkeit entsage, wie`s die Lebenswonne Mir befiehlt.

Kannst du entsagen, brauchst du über keinen Mangel mehr zu klagen, weil du die Fülle schon empfangen hast aus Meinem gebefreudigen Gebaren.

Es ist so wahr und offenbar, dass Meine Züge zur Genüge weiter in die Seelenlandschaft führen, die Mir in alle Ewigkeit genügt, um Mich darin zu baden und erlaben, wie es sich für einen Gott gehört und schlüssig ist für ihn.

Gehst du verloren, findest du dich alsogleich in Mir und Meiner Entourage beglückt und selig wieder. In langen Zeitensprüngen spult sich ab, was dir genehm ist, unfehlbar.

Ich werte auf, was sich mit Patina belegt hat altershalber mit beschönigender Politur, und lasse es in neuem Licht erglänzen. So auch dein Seelensein, dem Gräuliches schlecht ansteht und Erfreuliches viel besser in der Hochgemutheit, die Ich ihm dazu verpasse.

Gar fröhlich Bin Ich aufgewacht, sollst du an jedem hellen Morgen zu dir sagen, nach der katzen-schwarzen Nacht und dich, bewusst und glorreich, durch das Leben tragen, so wie Ich es dir vermacht, sonst gehts der guten Laune an den Kragen. Vivat sei das Wort und veni, vidi, vici dein gottseliges Betragen.

4.13

Hast du den Punkt der Seinsgefälligkeit erreicht, kannst du gelassen darauf warten, dass Ich dich mit alledem begüte und befruchte, was dir Not und gut tut in der Folge deines Künstlerlebens. Du wirst straff geführt von Mir und Meiner Sippschaft in den

Sparten Anstand und Beständigkeit Mir gegenüber, tageweise, jahreweise und noch viel, viel mehr.

Bekommst du Gänsehaut ob all den Lebensfragen, beginne Ich sie abzuschaben, wenn du nur schön stille hältst in deines Federlassens wohlbegründeter und sittenstrenger Prozedur.

Ich Bin dein Heil, geruhe Ich gar oft zu sagen, und diene dir das Beste an, was Mir von Fall zu Fall gerade einfällt für dich hochzuheben. Konsequenzen hat das alleweil in einem Mass, das dich und deine Welt beständig hinführt zu den Fluren der Gottseligkeit im Grünen, wie im himmelblauen Reich und Reichtum, wo die Götterlichten thronen.

Kommst du voran, so komme Ich dir stets zuvor, um dir zu zeigen, wo es lang und breit geht auf den Äckern Meiner zünftigen Befruchtung mit bejahenden Substanzen, wie mit der Gewähr für Wachstum und Befriedung, Anerkennung und Begeisterung dazu.

Ich Bin Es, doch sollst du ebenso dabei sein, wenn die Fetzen fliegen und die Spindeln sich genüsslich um sich selber drehen in der Spinnerei von Meiner planerischen Fülle und Virtuosität.

Was soll's, Ich schmücke Mich in allen Ehren mit dem Gros an grandiosen Innovationen, die Ich Mir ausgedacht und ausbedungen habe. Das gibt dann ein wundervolles Bildnis von enormem Eindruck auf die Massen der betrachtenden Gemüter, die sich weiterbilden und von Mir und Meiner Eigenständigkeit beseelen wollen.

So wird schlussendlich alles gut, was Ich in jeder Weise weisheitsvoll und schmackhaft angerichtet habe, um die Welten zu beglücken und um ihr Sein mit heiterer Gelassenheit und innewohnender Gottseligkeit zu krönen.

4.14

Ich Bin der Träger alles dessen, was den Raum begründet und die Zeit und kann Mich rühmen, zugleich hinter allem Weltensein als geistige Potenz und Bildekaft zu stehn.

Es möge einer kommen und von sich behaupten, dass er in eigener Regie, Kapazität, Relativität und munterer Geselligkeit mit allem Weltsein, existiere. Da wird er schon noch innewerden, dass das nicht gängig ist und bald der Remedur bedarf im Andersartigen.

Ich Bin gekommen, um niemals wieder wegzugehn, und behalte und behaupte Meinen Hochsitz anstatt nimmer immer mehr. Das zeitigt in den seins-vertrauenden Gemütern eine Sicherheit und Selbst-bewusstheit von unendlichem Sich-selbst-Genügen und verbindet sie in ausgesprochen freundlicher und sinngemäss Art und Wissenschaft mit Mir.

Durch Unbewusstheit, Gier, Verrat und Selbst-bezogenheit indessen ist die Menschlichkeit zu einem Tollhaus der gemeinen Überheblichkeit, Unsitte und Unwilligkeit am reinen Sein geworden, das Ich Bin, und das sich selbst auf eine Art und Weise schniegelt und behauptet, die besticht und von niemand angefochten oder ausgehebelt werden kann.

Hast du schon so etwas Wertbeständiges, Vernünftiges und Überragendes wie Mich gesehn, will Ich dich füglich und vergnüglich fragen? Aschenbrösel aufs Haupt sollst du dir rieseln lassen ob den vielen unverschämten Selbstbezügen, die du dir geleistet hast, ohne sinngemäss auf Mich Bezug zu nehmen.

Damit ist erläutert, wie Ich in der Kraft und Wucht der Universenweiten figuriere mit einer Seinspräsenz und Daseinswonne ohnegleichen, die auch dich beherrschen und begeistern soll in wohlgemessnen Meisterzügen. Alles ist o.k., wo Ich regiere und mit Meinem silberhellen Wortschatz aufs Verbindlichste und Liebevollste universenweit agiere.

4.15

Engstirnige verlassen sich auf das geringe Scherflein Weisheit, das hinter ihnen etabliert ist und recht hoch gestiegen. Du hingegen solltest dich zuallererst auf Mich gerichtet sehn, in dessen Raumesweiten alles für dich Nötige Genüge findet, um dezent und wohlgemut zu überleben.

Hältst du dich an Meine alles überragende Doktrin, so brauchst du null und nichts zu fürchten auf der ellenlangen Lebensbahn, die Ich vor dir ausgebreitet habe. Was Ich will, bewegt und stärkt die Myriaden, die mit Mir im Gleichschritt fürbass gehn. Sie zögern nicht, sich gegen alles aufzuwerfen, was ihr Sein blockieren, korrumpieren oder schäbig machen will im Alltag, den sie zu prästieren haben. Das macht sie an sich selber grandios und lässt ihr Lebensfähnlein frohgemut im Frühwind flattern vor Begeisterung und Seinsbegier auf den weitgedehnten Daseinsfluren.

Wer sich zu Mir gesellt, darf füglich damit rechnen, dass ihm Recht geschieht, wo Unrecht walten will und dass er auf dem Oberwasser schwimmen kann, wo andere verzweifelt untertauchen.

Ich gebe dir gelassen Kunde von der Artusrunde, die Ich um Mich scharte, um des Weltendenkens willen, das Ich an der kurz gefassten Leine halte, auf der Universenspur. Geht es bergauf, so ziehe Ich dich kräftig himmelan, und will es nitzig gehn, so kenne Ich den Witz, dich züchtig, tüchtig und entschieden vor dem Fallen zu bewahren.

Meine Motivation zielt stets darauf, dein Sein von A bis Z aufs Liebevollste zu begleiten, um ihm jenen Dreh und Duktus zu verpassen, der ihm wie Mir am meisten nützt im sinngemässen und verlockenden Das-Sein-Erleben.

So kommt es denn dazu, dass schliesslich alles richtig und nach Plan läuft, was *Ich* inthronisiert und bestens eingerichtet habe. Die Sprossen spriessen und die Hähne krähn den neuen Morgen an, der sich in lichter Unschuld, Ungeduld und Majestät ins Wonnesein erhebt wie in ein götterlichtes und erbauliches Behagen.

4.16

Wer spannt die runden, blitzgesunden Sterne vor den Wagen, den sie durch die Universenräume ziehn? Sie selbst sind Wagen, Ross und Ziel in Wirbeln, die Unendliches bedeuten. Sie *sind* und sind doch die Erstarrnis dessen, was Ich Bin und war in ihnen. Aufbau zeitigt Niedergang, Erscheinen schwindet seidenweich ins Unsichtbare, wie des Regenbogens Hauch und Siebenfarbenspiel.

Gewaltiges geht vor und geht Mir hintennach, derweil Ich immer Bug Bin, strahlender Beginn und glückerfülltes Ende allen Weltgeschehns. Was wahrhaft zählt, sind Meine sammetweichen Schritte auf dem Seinsparkett, auf dem Ich sinnend, majestätisch und gewinnend durch den Universenäther schreite.

Was einmal grandios, wie Ich, geworden ist, kann nimmermehr geringer werden, weil sein Lebensraum dahin tendiert, sich ständig und inständig auszudehnen. Raumschaffend moduliere Ich das All zu neuen Formen, Lichterscheinungen und Variationen Meiner Tunlichkeit im Götterstil, den Ich von allem Anfang an für Mich gepachtet und beansprucht habe.

Nun geht es für dich um das Seinsgewissen, das Ich in dir Bin und das dich dazu fähig macht, dich in der kosmischen Substanz präsent, gerundet und gesund zu fühlen. Das geschieht nicht mehr im Fleisch und Blut, sondern in den hoch erhabnen Geistessphären, deren Teil und Trächtigkeit, Manierlichkeit und Wesenhaftigkeit du Bist, in Meinem Sinn und Geist äonenlang gediehen.

Götterlicht Bist du und ihres Weltenliebens Sein dazu, mit dem du alles wirkst, was dich bewegt, und was dir Fülle bringt und Wohlgemutheit, Tatkraft und Ergiebigkeit von Mir. Es geschehen Zeichen, Wunder und bewundernswerte Bildungen vor deinem In-die-Sternenweiten-Sehn. Sie befreien dich von aller Engnis und lassen dich das Engelleichte, Seinsnatürliche erkennen, dessen Teil du Bist im Dich-ins-All-Verstrahlen.

4.17

Dein Gedankenleben ist Mir offenbar bis in die verborgensten und feinsten Spalten deines Seinsgewindes und macht Mir ebenso zu schaffen, wie es dich beständig umtreibt und bewegt. Deswegen ist es weise von dir, mit Mir und allem, was Ich von dir weiss, kooperativ zu verfahren, damit du mählich ledig wirst von ihm.

Das Sonnenklare ist zum vornherein in Meine Wendungen und Wirkungen hineingeschrieben, damit es sich entfalte und erhalte überall im Äthermeer. Ewig ist und bleibt es so, damit kein Argwohn aufkommt, keine Missgunst und kein Wutgeschrei in den betroffnen Seelen.

Ich ziehe Mich zu Rat, wenn's brenzlig wird, und so sollst du`s mit dir auch halten. Im klugen Überlegen findest du den Ratschlag für dein Vorgehn wie schlussendlich für dein Wohl, an dem Mir sehr gelegen ist seit Anbeginn und bis zum hehren Ende deiner Lebenstaten.

Brillant ist, was Ich je und jemals ausgeheckt und ausgeführt und bis zum letzten Tropfen ausgekostet habe. Das befördert Mein Mich-auf-Mich-selbst-Besinnen in dem Sinn, dass es Mich zutiefst erfreut und himmelhoch erbaut in Meinem delikaten Selbstgenügen. Das kann wohl auch für dich in Frage kommen, der du Bist, wie Ich es Bin, von alters her bis in die Neuzeit im unendlichen Vertagen. Alle Meine Dinge sind bezaubernd grandios und werden es bestimmt auch bleiben, Mir

wie dir zu Ehren und zum Heil im virtuosen wie im numinosen Dasein allseits im Allhier.

Was *Ich* erhoben habe, sinkt nimmermehr zutale,
und was in Mich gesunken ist, fühlt sich wahrhaftig
ins Elysium erhoben Meiner Treue und Vernunft,
wie Meines Wonneseins im Wunderbaren.

4.18

Allmächtiger in eigner Kompetenz, kraftvoller Güte
und Gerechtigkeit am Weltensein, Bin Ich, und Bin
befugt, es immerdar zu bleiben.

Ich beginne mit Verstand und vollende mit der
Herzlichkeit, die Meinem Wohlstand wie der Wohlfahrt wohlverdient und innig innewohnen.

Dein Glaube an die sieben Geisteraugen Gottes
wird von Mir belohnt durch eine grandiose Fülle von
Begünstigungen, die Ich dir mit aller Sorgfalt und
Behutsamkeit zugutehalte. Es ist, dass sie Mir alleweil in kompetenter Weise zur Verfügung stehn.

Was steht dir wohl am besten an? Mein Mantel der
Verfügbarkeit in allen Regionen, Disziplinen und
Erfolgsgeschichten Meines Daseins mitten in der
Welt der Radikalen, Bifokalen, Röhrenblicklichen
und Blindlings-um-sich-Tappenden in ihrem eitlen
Unvermögen.

Bist du gewandt, gewande Ich dich in noch viel viel
mehr entzückende Verbindlichkeit mit Mir, sowie in
die Verhältnisse, die deinem Liebesleben Schwung
und Siegeskraft verleihen, patriotischer und blüten-
reiner gehts nicht mehr.

Bald wirst du schweigend vor der Majestät und
Munterkeit von Meiner Gangart stehn und sie wie
anno dazumal aufs Innigste verehren. Damals war
es, dass du noch in Meinem Sinnkreis ruhtest und

dir alles ungemein plausibel schien, was du zu verwalten und prästieren hattest für ein Leben lang in deinen kunstvoll eingewrappten Nöten.

Mon Dieu, wie anspruchsvoll und zauberhaft sind die Belange Meines Reüssierens auf dem Seinsparkett, das Ich auf leis gesetzten Sohlen übergeh. Gemeinsam mit Mir wirst du's schaffen, eine Schau von Lauterkeit und Lebensminne, Heiterkeit und Wohlklang hinzulegen, die besticht und aller Welt die Fähigkeiten offenbart, die in Mir voll Wonne, Zierlichkeit und Überlegtheit einge-mittet liegen.

4.19

Betreutes Wohnen ist auch für Mein Weltsein eine Option, die das Altern schick macht und auf's Äusserste gediegen. Es wertet auf, was schon gehörig am Vergammeln war, und spricht dich ganz persönlich an mit seinen filigranen Dienstbarkeiten.

Ich zähle, bis du zu der Einsicht kommst, dass deines Lebens Spuren nur so viel Bedeutung haben, wie sie Mich betreffen in der Absicht und Entschiedenheit, die dich bewegen. Was für dich zählt, hat schon vor Zeiten genauso gut für Mich begonnen, und was du meidest, meide Ich wie Pech und Schwefel längelang bevor.

Aus deinen kleinen Schritten werden grandiose, wie mit Siebenmeilenstiefeln abgelaufen, zu Mir her und bescheren dir die lang ersehnte Friedefertigkeit in deinen Wundern und Entschiedenheiten.

Was ehrbar werden will, bedient sich Meiner Pfiffe, Kniffe und Gepflogenheiten mehr und mehr, um in die Ränge grosser Geister aufzusteigen und sich ihrem Habitus und Wirkfeld, Plansoll und Beschäftigtsein begeistert anzuschliessen.

Ich will und Meinem Willen folgt auf jeden Fall die forsche Tat, die etwas bringt, wo noch so viele schrecklich um ihr Bringen ringen und in sich selber, wie im Hamsterrad, gebeutelt sind.

Was gilt's, Ich Bin deiner kargen Klugheit immer meilenweit voraus und blicke nie zurück, weil Ich den Dreh, der für Mich zutrifft, längst herausgeknobelt habe. Was einmal für Mich stimmt, muss ein für alle Mal für alle stimmig sein, die sich die besten Plätze sichern wollen in der Seinsmanege, wie in den Champs-Elysées, durch die sie sich, wer weiss, einmal mit pompe et circumstance und süssem Lächeln im Gesicht fürs Leben gern bewegten. Ich nehm es immer, wie es ist, gelassen und gesprächig oder schweigsam dem Unendlichen dahingegeben.

5

Was für Kenner gut ist

5.1

Willst Du für Mich sorgen, bittet hoffend der Entwurzelte, und Ich erwidere aus vollem Herzen, ja. So kommt der Pakt zustande zwischen dir und Mir, zwischen Welt und Sein in einem Ausmass, das Bekanntes an das Unbekannte bindet und Bewusstes Unbewusstem beifügt von enormer Denkkraft, Ebenmässigkeit und Qualität.

Da wundert's Mich nicht mehr, wenn etwas Wunderbares und Gediegenes zustandekommt in Meinem Blütengarten, Meiner Menschenliebe, Friedefertigkeit und Harmonie.

Ich wende Mich in dir Mir zu im Austausch reiner Seinsgefühle über allen Wirbeln, Windungen und Animositäten. Was bei Mir glaubhaft ist, ist bei Meiner Transparenz und Tugendstärke, Wohlanständigkeit und Bonität auch wahr und darf sich wahrlich sehen lassen vor der Universenwelt wie vor dem Seinsintimen.

Ich rede Klartext, immer wo es darauf ankommt, den Menschenvölkern festen Halt und Virtuosität, Geruhsamkeit und Raschheit beizubringen in Bezug auf alles, was sie sich in Meinem Auftrag und Gewissen beigebracht und anerzogen haben.

Was gewinnend ist, ist auch dazu befugt, mit einem Lächeln an die ernstesten Probleme und Erwägungen, Manifeste und Verpflichtungen heranzugehn, um sie in Minne aufzulösen und dem Leben ruhig seinen Lauf zu lassen.

Was für Kenner gut ist, mag auch deiner Güte einen Dienst erweisen, indem es dich zu dem erhebt, was du in Wahrheit Bist und was dich vor dir selber öffnet in bedeutungsvollen und gottselig angehauchten Zügen. Da wirkt und wimmelt es von lichten und leichtfüssigen Gestalten, die von Bewusst-Sein in den himmelsklaren Sternenweiten was verstehn. Ihre Weisheit und getragne Wissenschaft vom Sein ist Legion, und ihrem Hofrat, ihrer Entourage wie ihrem seinsbrillanten Aufmarsch ist beileibe nichts Erwähnenswertes mehr hinzuzufügen.

5.2
Nach Belieben kann in Meinem Weltgefüge nichts geschehn. Alles hat sein Lichtmass, seinen Anstand und sein innewohnendes Begründen. Meine Rechte weiss beständig und inständig, was die Linke tut und beide geben gerne Auskunft über ihre fulminanten Weltentaten.

Ich fasse alles, was Ich Bin, in eins zusammen und Bin damit befähigt und befugt, das Weltall ohne jeden Widerspruch und Wahn, Knie- und Katastrophenfall manierlich zu regieren. Hinter jedem noch so körnigen Befehl von Meiner Seite lässt sich Weisheit, Wohlgesinntheit und erstaunliches Kalkül vermuten. Mit alledem Bin Ich dazu berufen, das Taggeschehn, wie das der strömenden Äonen in seinsgerechte Bahnen und Begriffe zu geleiten.

Ich tränke Meine Kühe nicht mit Kölnischwasser, aber mit dem Liquid, das die Bergkristalle übergoss, und das vor Reinheit in der Sonne funkelt und sich sprudelnd an sich selbst vergnügt.

Mein Befinden findet immer jenen Dreh und Drill, jene Abenteuerlust, Rendite und Gewähr für Siegestaten, die schlägig und einschlägig sind wie Blitze in die Kirchturmspitze vor dem ersten wie dem letzten Krachen.

Was Ich befördere, hat wenig mit Transport zu tun, aber mit Berufung, Überlegtheit und herzinnigem Empfinden. Das schafft Gutwilligkeit und zügiges Zusammengehn, sowohl im mäuschenstillen Hochgebirge wie in der kreischenden und hochdeziblen Streetparade.

Willkür ist Mir fremd, Ich lasse jeden tun und trachten was er will, sei`s beim Jassen oder auf der Wallfahrt nach Santiago auf brennenden Büssersohlen.

Nachlässig Bin Ich nie, hingegen liebend um das Heil besorgt der Meinen, die kaum flügge und ins Sein verliebt geworden sind in ihrem In-die-Universenweiten-Streben. In dieser Hinsicht offeriere und erläutere Ich ihnen, wie's getan wird unter Ach und Weh und dennoch mit der Seinsbegeisterung, die allem innewohnt, was Ich in Meiner Fürbitt, Fakultät und Ruhmsucht freudestrahlend unternehme.

5.3

Manche feingestimmte Seele pflegt bei Mir vorbeizuschauen, um sich in Sachen Wohlverstand und Sitte, Geistesgegenwart und Seinskaprizen von Mir sachgerecht belehren und versehn zu lassen.

Ich komme denen stets sehr weit entgegen, die von Mir gebildet werden wollen, indem sie sich auf Meine Lippen konzentrieren und von ihnen lesen, was sich alleweil gehört und was zu tun ist, um im Reich der Seligen Einzug und Relieve, Protektion und Fairness zu erhalten. So vieles, was da abläuft und durch deine Gegenwart im Weltsein manifest und wirklich wird, strömt dir aus Meinen offnen Schalen freilich und freimütig zu, um deine

Geistesstärke zu vermehren und dich gegen jede Unbill, Unanständigkeit, Böswilligkeit und Ironie zu wappnen gegenständlich und genial.

Klugsein ist für dich nicht schwer, wenn du dich Meiner Geistesgegenwart versiehst in allen Lebensdisziplinen, die Ich dir zu prästieren aufgegeben habe. Mach das so und zögre nicht, dich weit hinauszulehnen ins unendliche Geschehn, dem Ich die Stange halte und den Sinn vergebe hoch und revolutionär.

Willst du dich kasteien, kann Ich dir dazu die siebenschwänzige Katze reichen, um dich damit blutig und devot zu schlagen. Jedoch nur bildlich musst du das vor Meinem Augenblinken tun und dennoch von der Wirkung überzeugt sein, die todsicher daraus resultiert.

Mein Gesetz geht deinem meilenweit voran und ist so weit gefestigt, dass es jederzeit verhält und die Menschen-, wie die Sternenvölker, glücklich macht, gottselig und erhaben in des Seins allweltlichem Revier.

5.4

Du liegst dabei noch arg darnieder auf der festen Kruste, wo Ich bewundere, was du dir Bist, indem du Irdisches bevölkerst und Himmlisches vertrittst auf fabelhafte Weise. Zwar bist du, was das Sein betrifft, noch lange keine Leuchte, doch immerhin ein Wesen, das sich weidlich durchschlägt auf dem vielbesungnen Erdenplan.

Kelterst du, so willst du, dass es süss wird und du nicht zu versauern brauchst am Werk in das du hoffnungsvoll und tüchtig eingestiegen. Nun liegt es offen da, von Mir wie dir begabt und hochgezüchtet, wie das rankende Gewirr von Kletterrosen. Meinerseits ist alles zur perfekten Schau gediehen, was von deiner Seite kommt, darüber schweigt des Sängers Höflichkeit vorerst einmal.

Garantien geb Ich keine aus für das Gedeihen Meiner Saaten. Denn, sind sie auch nicht ohne, wäre es vermessen zu betonen, dass sie schon zur vorgesehenen Statur gediehen sind.

Keine Frage jedoch sollst du an Mein mustergültiges Verhalten und Verwalten, Regulieren und Prästieren stellen, weil es verhält, worüber sich vor anderem die Kritisierenden mit vorgehaltner Hand mokieren. Dabei Bin Ich nicht pressiert, aber konsequent im Handeln nach Gesetz und Ordnung, wie nach der Einsicht, wo und wie der Hase bestens durchs Gebüsch gelangt mit seinen Zickzacksprüngen.

Stets halte Ich das Equilibrium zwischen dem Zuviel und dem zu mickerig Verteilten in des Lebens aufgekratzten Spekulationen. So und somit weht der Hauch des gültigen Gelingens über Meine Felder und begünstigt, was dann auch gedeiht aus Meiner vielerfahrnen Perspektive.

Verstehst du auch kein Russisch, so wird es doch Französisch oder Italienisch sein, das männiglich als engelgleichen Sprachfluss und mit Geist gesättigtes Mysterium bezeichnet. Somit schliesst sich alles wieder in demselben Medium zusammen, das Ich Bin, und das in seiner Fülle alle Hüllen sprengt im freien, heiteren und wunderbaren Sich-Entfalten.

5.5

Wenn *du* bestimmst, was für dich ungewollt und was bekömmlich ist, dann musst du auch die Folgen, die daraus erwachsen, selber tragen. Ich kenne deine Neigung, das, was du verursacht hast, andern zuzuschieben, herzlos, wenn es dir misslungen ist, deine Hände rein zu waschen zeitig vor dem Jemine.

Was fällt dir ein, an dem so sehr Gefallen und Verehrung, Wunderwirkung und Relieve zu finden, was dir schlussends zum Unheil und Verlust gereicht in deinem veritablen Sünderleben.

Gehst du hintennach, so zeige Ich dir, wie man vorgeht, um voranzukommen und dem Leben Süsse, Seligkeit und Wohlstand abzutrotzen in der zielbewussten Tat.

Drehst du auf, so geb Ich noch so gern das Tüpfchen auf dem i dazu mit Meinen Wundergaben, die da sind: Geläufigkeit im Rudern, wackeres Gestalten deiner Ambiance, wie Potenz im Liebesleben. Machst du mit, so kann Ich dir all das vermitteln, was dir nützlich ist zum Reüssieren und den Vogel abzuschiessen, derweil er noch mit wackeligen Beinen auf dem Dachfirst balanciert.

Mein Credo ist der lange Atem, den Ich für jegliches Projekt, und sei es noch so weltumspannend, in Mir spüre. Das macht fit und fertigt Mir die Flügel an, um regelrecht hinanzukommen in die Sphären gottesgeistiger Entschiedenheit, Moralität und heiterem Besinnen auf Mein sakrosanktes Resümee.

Der Pfiff in deinen Adern Bin Ich ebenso wie das weltumspannende Begreifen aller Gegensätze, die durch Meinen genialen Sprachfluss und Rabauz entstehn. Ich widme Mein gesamtes Sein und Wirken dem Erschaffen neuer Wirklichkeiten, Prosperitäten, Bündnisse und Liebenswürdigkeiten auf der ganzen Linie Meines götterlichten Strebens. Was Gewicht hat, nehme Ich gewichtig wahr, und was sich lohnt, belohne Ich mit zuversichtlichem Gebaren und Bewahren absoluter Souveränität.

Das zeitigt Konvergenz mit Meinem Mich-stets-neu-Erfinden, wie mit Meiner veritablen Sehnsucht nach Geruhsamkeit im Universentreiben.

5.6
Welche seelenvollen Seinsgebiete sind noch nicht von dir erschlossen worden, frage Ich dich an, und du murmelst was in deinen Bart von: weiss es nicht und weshalb soll ich mich mit solch skurrilen Dingen plagen.

Es kommt die Zeit und ist schon da, wo deiner Väter Sitten nicht mehr gang und gäbe sind und du zu neuen, nie gewesenen, den Aufbruch leisten musst hinweg aus tödlicher Gefahr. Wie Wanderratten springen dich die laufenden Probleme an und versuchen, dich zu bodigen, gedankenschwer.

Da aber trete Ich auf deinen Erdenplan, um dir gebührend und gehörig beizustehn in deinem Schwall von Lebensnöten. Das muss dir passen und das sollst du vehement erfassen, um dich schleunigst und erheblich zu sanieren in der Schau auf was du Bist und werden sollst in Mir.

Von dannen wird er kommen, heisst es, mit erhobnen Händen deine Werke abzuteilen in gemeine wie in gloriose, die für deine Weitsicht und Erbauung zeugen, redselig und gewichtig, fundamental.

Ich bemerke dies und das im Laufschritt der Geschichte, das nicht mehr stimmig ist, so wie Ich es einmal stilvoll intendierte. Das kommt vom Schlendrian, dem viele sich ergeben haben, wie vom allzugrossen Ehrgeiz, der zu Machenschaften führt, die alles andere als ehrbar sind und seinsgediegen.

Fang Ich bei dir an, so hört es bei der Menschheit auf mit ihren Provisorien, Banalitäten und Erlassen, die, kaum dass sie recht im Schwung sind, schon verblassen, weil ihnen die Genüge und die Fülle fehlt für das gewisse und gewissenhafte Fortbestehn.

Mir hingegen kann es an nichts fehlen, weil Ich Kraft von Kraft Bin, Loyalität und Zuverlässigkeit, die höchsten Forderungen Folge leisten und genügen können für satte, sanguinische Äonen. Ich unterhalte sie und halte dich genauso an der Strippe, dass du mir nicht untergehst und dich der Wonne zubewegst des reinen Seins im Dich-und Mich-Erleben.

5.7

Keck und kriesensicher, weisheitsknisternd und saluber ziehe Ich Mein Sein durch den ereignisvollen Weltensaal. Eine Schar von Friedenstauben schwebt beständig über Mir, um mit ihrem sanften Flügelschlagen Unbeschwertheit, Seelenseligkeit und Himmelsgrazie zu verkünden.

Ich mach es wahr, dass eine Welle gegenseitiger Verständigkeit, wohlwollender Gerechtigkeit und

Menschenliebe siegreich durch die Lande zieht, um Einheit zu bewirken und Einigung in grandiosem Götterstil.

Mein Überlegen geht dahin, dem Leben Sinn, Grossmütigkeit, Qualität und Liebe einzuhauchen, die es zuversichtlich und bewundernswert erscheinen lassen. Das verleiht den vifen Geisterscharen immer neue Schwünge, die sie fähig machen, sich im Himmelsraum gekonnt zu etablieren.

Ich trage Sorge zu den Meinen, weil Ich weiss, dass sie zum Ganzen einer Universenwelt gehören, die sich bis in alle Ewigkeit bewähren wird, mit ihren Raffinessen und Maläsen, mustergültigen Betriebsamkeiten und stabilen Stationen.

Allem Wenn und Aber trotzend, walle Ich gezielt voran, um allen Wendungen und Windungen zu folgen und an ihrem Rande Werke barer Kunst zu hinterlassen, die jedermann entzücken und ihn auf die Freudenpauke schlagen lassen.

Ich wiege Mich im Schlummer der Gerechten jedes Mal, wenn Ich ein neues Weltenrund kreiert und mit von Mir geschaffnen Wesen ausgestattet und bereichert habe. Sie zu bemuttern ist Mein Herzenstrost und Meine Bitte an Mich selbst, um ihrem polygenen Dasein Wohlgemutheit und Gelin-gen, schöne Nachmittage und verheissungsvolle Nächte zuzuhalten.

Was du tust, ist nebenbei ein Werk von Meiner götterlichten Sagenhaftigkeit und Wohlgestimmtheit, wie man Instrumente stimmig macht durch Ziehen und Entspannen, Zupfen und bejahend Nicken ob der wohlgelungnen Tat.

Nun ist es an dir, so viel an aufgetischter Weisheit zu geniessen und gebührend zu verdauen, dass sie dir wie Mir zum Wohl gereiche, zur Erbauung wie zur Herzenswonne wunderbar.

5.8

Assortiert kannst du nur sein, solang du in Mir Bist mit der ganzen Wucht und Wehrkraft deines Lebens. Wieder geht die Sage um von der Versiertheit und Entschiedenheit, mit der Ich unermüdlich und erfolgreich operiere.

Unter uns gesagt, mach Ich nicht lange Federlesens mit den chronischen Briganten, die nichts von Anstand oder Rücksicht wissen wollen, bei dem Handwerk, das sie munter und gerissen vorwärts treiben.

Ich halt es mit den Guten, deren Anstand allgemein geschätzt wird und von Fall zu Fall belohnt mit wahren Fürstengaben. Bist du reell, so kann daraus nur wieder Ausgezeichnetes und Redliches, Krisensicheres und Rustikales resultieren.

Kein Mensch wird glauben, wie du es fertig bringst, die hängigen Probleme nach Meiner Art und Weise zu bezwingen und aus ihnen mannigfachen Vorteil, Seinsgewinn und unermesslichen Salut zu ziehn. Im Allgemeinen kann Ich dir zu deiner Eigenheit und Daseinsfrische, Virtuosität im Denken wie im Handeln nur begeistert gratulieren, doch im Besonderen braucht es noch Meinen Feinschliff, um deinem sittlichen und wohlgesitteten Betragen so etwas wie die Krone aufzusetzen.
Mir ist schon bewusst, dass es zu alledem Elan braucht, figalanten Einsatz, wie auch Heldenmut, um ganz in Meinem Sinne zu prästieren. Nicht mehr

lange wird es dauern, bis Ich dir den vielbegehrten Orden „benefatto" an die linke Schulter heften kann, unter Pauken und Trompetenstössen. Du Bist ein gefragter und gefeierter Komplize Meiner Gangart und Genügsamkeit geworden, der von Grund auf triumphiert in seinem gottbegnadeten Gehaben.

Wohlig kuschelst du dich unter hunderttausend Federchen, die dir die Seele, wie das Leibchen, warm und selig halten. Das bringt neuen Eifer und sogar ein wenig Eifersucht in deine gute Stube für das Wohl, das du erreicht hast, wie das Wonnesein in deinem vielbeachteten Talar.

Die Sinne schmelzen dir dahin und reines Sein blüht in dir auf in Meinem Zaubergarten. Nur Ausgezeichnetes ist zu erwähnen und Harmonien strömen in dich ein von auserlesenem Geschmack und Wohllaut des Empfindens.

5.9

Jede Lappalie ist ein Zeichen und ein Weckruf an die göttliche Vernunft in dir zum Weitermachen auf der Fährte hin zu Mir. Wer wollte nicht in diesen Lichtsog, diese Unbeschwertheit, Leichtigkeit und Relevanz geraten, die sich um Mich breitet und alles Seinslebendige befruchtet und belebt.

Ich trage ein und aus, was wichtig ist und richtig, in des Daseins philanthropischer Gelassenheit und Freudefertigkeit, die Mir gegeben und gewährt sind von der eigenen Manufaktur. Grandioses ist damit erstanden und Überwältigendes wird im weitern noch erstehn in eigner Sache, wie in der der Myriaden, die in ihr ihr Dasein, ihr Erfolgserlebnis, wie ihr Tapfersein zu fristen haben.

Nichts ist belanglos, was Ich in alle Herren Winde
säe, mit Vernunft begabt, wie mit der Fähigkeit,
gezielt und krisensicher, wohlbewahrt und von Mir
akzeptiert zu überleben.

Meine Hilfe kommt beständig und geflissentlich zu
früh, statt einen Schritt zu spät, in deines Seinsgewissens gute Stube, damit Mein Wirken Wirkung
zeitigt und Mein Hin- wie Wegschaun Sinn macht
über allem Unsinn, den die guten Leute unbe-
sonnen und stupid um sich verbreiten.

Was wäre die Geschichte, wenn sie nicht von
Meinem Glanz und Glamour, Meiner Sittenstrenge
und Gewichtigkeit durchzogen wäre. Null und nichts
als ein nichtsnutziges Palaver und Gelaver, wie aus
dubios gewordnen Brunnenröhren. Du machst Mir
etwas vor, statt Mir im Wunderbaren nachzueifern,
das Ich ständig vor dein Schauen wie dein staunen-
des Gewissen lege.

Mir könnte es egal sein, wie die Weltendinge sich
verhalten, doch die Liebe und die Redlichkeit zu
ihnen halten Mich beständig dazu an, sie in Mein
Herz zu schliessen und ihnen nur das Sagen-
hafteste und Allerbeste zu gewähren. Mir kommt es
vor, als wäre Ich in einem Kinderschulhof in ein
Rudel von Recken hineingeraten, das es zu
entwirren gilt und mit Süssem zu beglücken.

5.10
Beinahe hätte Ich vergessen zu erwähnen, dass
Mein Sein sich in Unsterblichkeit und Wesenstreue,
Transparenz und liebevollem Mit-Mir-Einigsein voll-
zieht. Es geschehen zauberhafte Dinge durch den
Zeitenlauf in Meinem Wundergarten, und was sich
davon in Äonenlänge zieht, will Ich dir liebend gern

in Hülle wie in Fülle angedeihen lassen. Als Meines Seins Prinzip lass Ich subtile Lebens-freude, sprühende Wahrhaftigkeit und blütenreine Lebensliebe in Mir walten. Wie das eine ist das andere besonders dazu angetan, Idole zu erwecken, die Ich immerzu verehren, pflegen und bejahen kann mit hocherhobnen Händen. Ganz besonders innig gilt bei Mir die unverwüstliche Parole, dass Ich in Mir selbst ein sakrosanktes Wesen Bin, von immerwährender Präsenz und Schaffenskraft im geistesgöttlichen Allhier. Damit betone Ich, dass Meine wesentliche Stätte sich im Überirdischen befindet und sich fortpflanzt in das erdenbröselnde hinein, wie sich Polypen in Korallenriffe saugen.

Kannst du das begreifen, greifst du zugleich nach dem allerhöchsten Ideal, das ist, und das sich deinem Dasein vehement verpflichtet fühlt in so und soviel fortgesetzten Meistergraden.

Wenn du dich mit Mir verbündest, kannst du nur gewinnen, indem du dich an Mich verlierst und deine Eigenheit dem Allgemeinen opferst, ohne lange nachzufragen. Was mit dir geschieht, geschieht dann alleweil in Meinem Namen und mit Meiner sachgerechten Mündigkeit in jeder Disziplin, die du dir denken kannst in deinem unverblümten Räsonieren.

Bestens verbrieft ist, was Ich Bin und will, in Myriaden heiligen und heiligenden Schriften, die, von Menschenhand verfasst, von Meiner Würde, Allmacht und Bewusstheit zeugen. Ihnen kannst du trauen, wenn du sie mit Herzenswärme unablässig meditierst und Ewiges aus ihnen ziehst in deinem periodischen Im-Lebensreich-Erscheinen. Nur was von Mir kommt, macht dich wahrhaft grandios, wahrhaftig und gediegen in der Gottheit wonnevollem Schoss.

5.11

Befiel Du meine Wege, murmelt mancher Pilgrim innig vor sich hin und weiss nicht, dass Ich sie ihm längst schon bestens anempfohlen habe. Sie steigen auf und sinken nieder und Ich bezwecke eines nur im besten Sinn, Mich selbst damit zum Einigsein mit allem, was Ich Bin, hinanzuführen.

Belebte Strassen weisen darauf hin, dass etwas los ist im Gebiet und dass die Gier nach Neuem sonderbare Blüten treibt voran, voraus und hintennach in den Bezirken und Befestigungen Meiner burschikosen Wahl. Wirst du dann von hinnen gehn, folgen dir die Werke, die Ich vor dir aufgehäuft und in dir massenhaft betrieben, ausgeschieden und erledigt habe.

Konterkariert Bin Ich schon immer dort gewesen, wo es etwas zu berichtigen oder auszubessern gab. Das betrifft besonders auch dein weltenbürgerliches und persönliches Benehmen. Es geht nicht an, dass alle durcheinander kunterbunt regieren, weil so das Chaos programmiert und angestachelt wäre. Der Zug zum Ebenbürtigen, Gemeinsamen und Geschwisterlichen geht durch Mich in alle Welten, die Ich Mir erschaffen und geleistet habe. Ich werte und bewerte Meines Seins Attraktion als das, was unbedingt vonstatten gehen muss im unermessnen Zeitvertreiben.

Gehst du hin, so geh Ich her, damit die Lebensfelder schnurgerade in die Mitte zielen. Wer das, wie Ich, begriffen hat, wird unweigerlich die räsonable, saisonable und bewundernswerte Wesensmitte finden in den Dingen die ihn weltenweit umgeben.

Wo es funkt, hat einer einen Zünder hingeworfen, wo es zündet, wird das Feuer der Begeisterung entfacht im menschenherzlichen Betrieb.

Nichts wird mehr gleich sein für dich, wenn du einsiehst, dass der Universengeist und seine Güte hinter allem stehn, was sich durch das vorwärtsdrängende Bewusstsein etablieren will in den mannigfachen Weltengrössen. Was du immer willst, Bin Ich bereit, ins wonnevolle Ziel zu führen, und was du noch nicht hast, wird dir von Mir in Fülle und gottseligem Format hinzugegeben.

5.12

Bin Ich der Vater aller Dinge, könntest du im Geist dazu die Mutter spielen, seelenvoll, manierlich und entschieden. Mein Auftrag und Begeistern wird es sein, die Weltendinge in der Geistform wahrzunehmen und geschickt ins Irdische zu transformieren.

Der Gerissene verwendet sein Gerissensein für sagenhafte Taten, die im Jetzt schon vehement und minutiös ins Künftige zielen. Das schafft Ordnung mit System und verbindet alle Werte und fantastischen Ideen mit dem einen, der Ich Bin, und der noch weiss, wozu er fähig ist und sich vollends an sich selbst verliert.

Sowie Ich übers Trockene marschiere, will Ich, dass die Wasser des Befruchtens und des Keimens, Polarisierens und Beseligens darüber fliessen. Sie bringen das zustande, was das Herz erfreut und lassen es im Jubel des bewussten Aksquirierens höher schlagen.

Meine Meinung wird zuallererst nur von Mir selbst geteilt sowie zur vollen Blüte ausgetragen. Dann aber zieht sie Myriaden an, die längst dasselbe auch gemeint und noch nicht angepackt und angekuppelt haben.

Was immer flöten geht, ist auf die Lässigkeit zurückzuführen, mit der es abgehandelt und begriffen worden ist. So eine Masche kommt nie gut heraus, derweil die Meine längst im Trocknen liegt, aus purer Weitsicht und entsprechendem Gehaben.

Jeder Sänger hat einmal mit Piepsen, Tuten, Schreien, Munkeln, Plappern und Betonen angefangen. Dann aber brachten ihn sein Fleiss und sein Genie zu dem, was ihm gelungen ist, in wunderbarer Fülle zu erreichen. Wendest du dasselbe bei dir an, wird es auch dir gelingen mit den Beziehungen und mustergültigen Talenten, die du pflegst. Das wird dann viel beachtet in der Art und Weise, die ein jeder für sich selbst gepachtet hat, um geschickt und clever vorzugehn. Die Weisen sind nicht auf den Kopf gefallen, wie die saufenden Banausen. Sie haben es verstanden, was sie sind, bis ins Unendliche zu transformieren, um in ihm nicht nur für heute, sondern für Allewigkeiten zu bestehn.

Merk dir das und sei beglückt, begeistert und vor allem seinsbewusst davon.

5.13

Nix mit gerösteten Kastanien, viel aber mit Mich-an-der-Schöpfung-Freuen, das aus Meinem Regime,

Richtwert und Verhältnis mit Mir selber prosperierte. Ich habe Mich der Gabe der Vernunft verschrieben, indem Ich nur das Allerbeste zuliess, das sich in Mir entfalten und schlussendlich kontrastieren sollte.

Wie komme Ich mit alledem zu Rande? Nur mit pickelhartem Einsatz, Business und kontrapunktischem Verhalten, wo es darum ging, Geschaffenes zu korrigieren und zugleich den Einsatz zu verdoppeln, der bisher so ausserordentlich gewinnend war.

Fühlst du dich befreit von allem Ärger in des Daseins wissenschaftlich formuliertem Wettbetrieb, kannst du gut lachen oder kichern tagelang in dein adrettes Bärtchen.

Inzwischen ist Mir in den Sinn gekommen, dass die Sage von Mir umgeht, Ich sei herrschsüchtig und frivol im Umgang mit den mannigfachen Geistesgaben, die Mir freilich, unerschöpflich und genüsslich zur Verfügung stehn. Das stimmt nur insoweit, wie sie von dir in Meinem Laden arg missbraucht und hundsgemein behandelt worden sind. Kannst du ermessen, wie Mich das kränkt und Meine grüne Seite anritzt, folgenschwer. Ich stemme Mich derweil mit Vehemenz dagegen und verfolge Meine weisen Pläne weiter, bis sie mit Erfolg verwirklicht sind im universenweiten Weltbetrieb von Meinem solitären Rang und Namen.

5.14
Der nimmermüde Schaffer an Mir selber Bin Ich, ausgezeichnet durch unsägliche Erfolgsgeschichten und Spagate, Freudenspiele und Gehänge erster Qualität.

Mir steht die überragende Brillanz, mit der Ich vorgeh, ins Gesicht geschrieben und die Töne Meiner Farbpalette künden von enormer Zuversicht, lichtheller Heiterkeit und Lebensfreude in der Glorie bewundernswerter Taten.

Wehrhaft Bin Ich ebenso, wie scheu zurückgezogen, unbesiegbar wie verletzlich, in der innersten Struktur.

Was fällt dir ein, so zimperlich an Mich heranzutreten, wo Ich dich doch währschaft, wohlgemut und wirkungsvoll an Meinem Hof als vielgeliebter Partner operieren sehen will.

Durch dein Verhalten ist das Meine noch in ungezählten Fällen festgebunden und kann sich nicht so, wie Ich will, entfalten in der angelegten Weltnatur. Das ändert sich im Zeitenlauf, dem Ich nur das Allerbeste anempfehle und befehle für das Menschenwohl.

Ich habe dir die Schlüssel in die Hand gelegt für Wohlfahrt und Entsagen, Aufbruch und blasiertes Stilleliegen. Trittst du auf, so Bin Ich stets am Drücker, um noch mehr aus dem herauszuholen, was schon selbander mit dir in der Wesenswelt entstanden ist an Unschlagbarem.

Du kannst es, wenn du willst, und weitest deinen Einfluss ständig aus bis in die höchsten Geistessphären, die da *sind* und sind in Mir aufs Trefflichste gediehen.

Mir fehlt kein Federchen zum freien Fluge über Himmelshöhn und Höllentäler hin, darfst du dir ständig wiederholen und musst in Meinem sanften

Sonnenstrahl nicht fürchten abzustürzen, wie Ikarios` Söhnchen in den Griechenzeiten.

Dein Wohlbefinden hängt an einem Fädchen, wenn du glaubst und glaubhaft machen willst, dass es ohne Mich auch geht. Dabei beziehst du dich auf deine ungezählten Modulierungen, Erfindungen und Kniffe, die dem Leben Schwung und Rasse, Hochpotenz und Relevanz verleihen sollen. Hat sich einer ohnehin das falsche Fingerchen verbunden, bist es du, und hast es nötig, dass Ich dem rechten ein gebührend Pflästerchen verpasse für sein Weh.

So findet alles noch ein fabelhaftes Ende unter Meiner Obhut und Regie im wonnevollen Seinserleben.

5.15
Theorie und Praxis sind wie Tag und Nacht verschieden, besonders was das Sein betrifft, das Ich, wie kaum ein anderer, gehörig und gefügig intus habe. Mit der Behauptung, dass Ich Bin, gehöre Ich der Gruppe jener Wesen an, die das Wesentliche über sich und seines Daseins Attribute allertiefst begriffen haben.

Nun geht es darum, dass die ganze Menschenwelt das Sein an sich als erste wie als letzte Konsequenz erfährt und damit in die Zukunft schreitet als geheilt, gefeit und für immer in Gottseligkeit gebadet. In dieser sagenhaften Seinserkenntnis liegt der Schlüssel aller weltlichen wie himmlischen Belange und Errungenschaften regelrecht verborgen. Das befähigt dich wie Mich mit aller Schärfe und Gewissheit aufzutrumpfen, wo gehadert und genör-

139

gelt wird am Weltenschicksal, das der Einzelne wie alle zweifellos und zwitterhaft an sich erfahren.

Kehrst du bei dir ein, so wendest du dein Inneres nach aussen und beschaust es als ein wunderbar von Mir gesättigtes Gefüge wahrer Andacht und Gewissenhaftigkeit. Es hebt dich über jede Kleinlichkeit hinaus mit der göttlichen Potenz, die nun das Sagen und Gebieten kontrolliert. Dabei operiert es in plausibler Weise, um Ordnung, Menschenfreundlichkeit, Gottseligkeit und Wonne des Gerechtseins wie der Liebenswürdigkeit zu generieren.

Wie ein Cantus firmus tönt des Seiens Melodie und Gleichgewichtigkeit durch Meines Weltseins gottesgeistige Gefilde und belebt sie als ein Guss und Kuss von ewiger Güte, Gottesweisheit und elysischer Beständigkeit, die ihresgleichen suchen. Nicht von hier, und doch vom Hiersein felsenfest umschlossen ist alles was Ich Bin und was sich nach Befreiung sehnt aus tief gefassten Wesensgründen. Was dich dazu stählt, ist deine innerste Struktur, die Ich vom einen Fall zum anderen bewusst zutage treten lasse, als das Nonplusultra deiner lebensfrohen und geduldbewehrten Aktionen. Bin Ich, Bist auch du und hast Erhebliches geleistet in Bezug auf deines Seins Identität, Bewusstheit, Heiterkeit und Seelenseligkeit in Mir.

5.16

Randvoll geraten sind die Krüge Meiner Zunft und Zünftigkeit, aus denen Ich die Weisheit schöpfe für Mein Weh. Es ist der Weltgedanke, den Ich ständig pflege und umhege, bis er Mir als ausgewachsen gilt und Ich ihn entlassen kann in die bewundernswerte Selbstverwirklichung auf Meinem Niveau und herzinnigen Gebaren.

Was einmal ist, kann in Mir ohne weiteres auch zweimal werden, indem es am gewaltigen Lebensbaume abstirbt und sich neu formiert im Sich-Erinnern an die eigenartige Identität, die ihm im Weltenlauf geworden.

Spulst du vorwärts, kannst du ohne weiteres auch rückwärts spulen, um den Film des Lebens haargenau und schicklich wieder anzusehn. Das setzt dich in die Lage, dort Verbesserungen anzubringen, wo du fehlbar und frivol geworden bist in deinem zünftigen und zuckersüssen Vorwärtsstreben. Das verleiht dir den berühmten Nimbus der Allgöttlichkeit, den alle wirklich Fortgeschrittenen mit Glanz und Gloria vor aller Welt voll Wonne offenbaren.

Was du immer von Bedeutung tust, hast du von Mir gelernt und abgeguckt, als wie von einem köstlichen Gesinnungsfreund in anspruchsvollen und charmanten Erdenjahren. Du bist gewachsen, wie`s die Vögelchen im Neste tun, und als du flügge warst, bist du in deine eigne Richtung, Relation, Beständigkeit und Sozietät hineingeflogen.

Nur dass in deine Geistgestalt das Zeichen Meiner Gunst und Güte eingebrannt zu sehen ist, das dich beflügelt und befähigt zu unendlich wirkungsvollen Taten. Diese hinterlassen Druck um Abdruck im gesamten Weltgeschehn und können weder ausgelöscht noch stillgeschwiegen werden. Eine Rarität sind sie von höchstem Rang und Namen, weil sie genau so viel zu dir wie Mir gehören. So verläuft der Fortschritt aller in des Universums fabelhafter Zuversichtlichkeit, Verbindlichkeit und kunstvoll ausgebautem Wohl.

Ich überschaue, was sich zuträgt, und erwidere den myriadenfachen Ruf nach Glück und Wohlstand mit dem Strom des göttlichen Bewusstseins, den Ich in alle strebenden Gemüter ständig und inständig fliessen lasse. Er gebiert Unendliches in ihnen und befriedet sie zu namenloser Heiterkeit und Harmonie.

5.17

Du siehst es an der Zeit, dich zeitig zu erheben, um den neuen Tag mit frischen, seinsgesättigten Ideen zu beginnen, weltgewandt und wunderbar. Was dir im Träumen als versiegelt vorkam, trachtest du nun zu bereichern, um der Wirklichkeit den Vorzug, wie den weiterführenden Elan, in Fülle zu verleihen.

Ich sehe Mich dabei als handelndes Genom und richtungweisendes Parteisystem, bei welchem alle Fäden flink und fix zusammenlaufen, um der Ganzheit willen, die mit besondrer Sorgfalt und verehrenswerter Absicht ins Parteibuch einge-schrieben wurde.

Was Ich billige, kann mancher wohlgemuten Seele teuer, anspruchsvoll und kitzlig werden. Bewegung ist es, die Ich in das Weltsein impulsiere und Bewegtheit in die Herzen derer, die von Liebe, Mitgefühl und Grazie des Allerhöchsten was begriffen haben.

So und somit Bist du deines Eigenwesens Vorbild, Willkür und bedeutungsvolle Traktion, die Spuren zeitigt von bewundernswürdigem Gehalt und wohlbegründetem Gehaben.

Es ist schon so, dass Ich der Myriadenschar der Weltenwesen noch den letzten Schliff verleihe, nachdem sie auch den ersten kunstgerecht und wohlgemut von Mir erhalten haben.

Mit „Wetten, dass..." wird auch das Ganze einmal, seinsbewusst geworden, von Mir abgesegnet und auf's Zierlichste beschlossen und für's Ewige erschlossen sein. Das bedeutet dann Erfolg und Effizienz, tadellose Brauchbarkeit und Fülle auf der ganzen Linie, die Ich quer und figalant, verbindlich und nachhaltig durch das immanente Sein gezogen habe.

Alles, was im Zwielicht steht, geruhe Ich mit Meines blossen Daseins Widerhall und Wohllaut zu erhellen, dass es nur so von Begeisterung und Anmut sprüht und immer weiter so, bis zu den letzten, seelenvoll und liebreich auferweckten Weltentagen.

Was gering war, atmet Wohlbestalltheit, und was schäbig, sieht sich dann voll Wonne und Gefühl von Meinem sagenhaften Gottesglanz durchzogen.

5.18
Mit kugelrunden Augen schaust du Mich so fragend an, als ob du etwas weiterreichen wolltest, was dein Herz beschwert, Mein vielgeliebtes Weltenwesen. Sind es die Ängste, die dich drücken, oder die Erfahrungen am Sein und Leben, die du nicht beherrschst, in der alltäglichen, mutwillig scheinenden, zermürbenden und eitlen Daseinsprozedur? Bestimmend ist, wie du dich einstellst, über alles hin gesehn, was dich betrifft, wie auch die anderen, die klaglos oder jämmerlich an ihrem Schicksal nagen.

Ich sehe alles, wie es ist, und habe auch die Mittel, es behutsam und beharrlich zu verändern, bis es haargenau, wohltätig und entschieden dem entspricht, was Ich für tunlich und beglückend halte.

Was an diesem Vorgehn in die Augen springt, sind die Genügsamkeit, das Seinsvertrauen und die Selbstverständlichkeit, mit denen Ich in Szene setze, was da sein soll, und was Mein Erhabensein und selbstbewusstes Vorgehn legitimiert. Ich Bin Mirs gewohnt, rechts mit der erwachsenen und links mit der Kinderkelle anzurühren. Das sollst auch du dir angewöhnen, damit die Lebensdinge wohlgesittet und harmonisch ihren Siegeslauf vollenden können.

Es drängt Mich, dir inmitten des Krawalls im Innern zuzuflüstern, wie befriedet und galant, seinsharmonisch und mit alledem zufrieden Ich Mich fühle, was Ich Bin, und als richtungweisend, handelsüblich meisterlich und hochbrisant vertrete.

Spielerisch gelingt Mir das, was keinem je gelungen. Meine Spiele sind ergötzlich und bekömmlich, so dass sie für alle und für jeden gelten können. Demnach auch für dich, gewissenhafter Grenadier an der Lebensfront, die wir gemeinsam schützen und verteidigen gegenüber allen griffbereiten und makabren Unziemlichkeiten, die sich breit und protzig machen wollen. Das Feine, Zierliche, Kunstvolle und Beschauliche sind Meines Götterwillens Pfand und Pflicht und lassen sich um keinen Deut und keine noch so burschikose Beugung unterkriegen.

Gewinnend auf der ganzen Linie ist Mein Denken, Tun und Lassen und gilt als seriös, beglückend,

lässig und bezaubernd im gesamten Weltgeschehn.

5.19

„Das ist die Liebe der Matrosen", tönt es von der
Kombüse her zum Esswinkel, wo zwei, der Dinge,
die da kommen sollen, harren. Dummes Gerede
magst du nennen, was sie miteinander pflegen,
aber es ist ihre Welt und ihr Bekenntnis zum
marinen Leben, das sie miteinander pflegen.
Auf welcher Basis bringst du das zustande, was du
deine Pflichten nennst und dein Programm fürs
Künftige, das du zu tun gedenkst, in deiner
Wirtschaft und Manege. Da kann es nur die Meine
sein, auf die sich alles stützt und stachelt, einrenkt
und blamiert. Beständig ist es Meine Sorge um dein
Wohl, die Mich veranlasst, deine Nähe und Ver-
trautheit aufzusuchen. Da erspüre Ich den Zustand
deines Seelenseins und -wirkens und schlichte, was
zu schlichten ist in dir.

Was in dir liegt, liegt auch in Mir, so dass Ich fähig
Bin, dir jede Situation zu klären, in die du dich
hineinmanövriert, verhaspelt und verstiegen hast.

„Kommt Zeit, kommt Rat", soll noch alleweil das
Spruchbild sein, das du dir vor die Seelenaugen
hältst in deinen mannigfachen Nöten. Unwider-
stehlich muss es wirken, weil *Ich* dabei im Spiele
Bin, derweil Ich dich mit weisem Wohllaut überkomme und deinem Schicksal so den Richtwert hin
zum Guten und Bekömmlichen verleihe.

Was Bist Du denn für einer, magst du fragen, der
mit so viel Umsicht und Besorgnis um die Seinen
operiert. Das ist die Selbstverständlichkeit, die Mich
dazu bewegt, dem was Ich erschuf, Geistesflügel zu

verleihen, damit es, flügge und mobil geworden, Überirdisches erreichen kann mit seinen feder- leichten Seelenschwingen. Du Bist, in dem was ist, und brauchst nur dies zu wissen, um saniert zu sein für alle Zeiten und dich auszukennen in dem Reich der göttlichen Vernunft und Würde, Stabilität und Fülle des Sich-selbst-Begabens.

Auf diese Weise wird noch alles einmal auch für dich wahrhaftig glorios und lässt dich Jubel und Begeisterung, Seinsvertrauen, Heiterkeit und Selig- keit empfinden. Wach ist die Beziehung hin zu Mir und hell und liebreich deines Menschengötterseins Profil geworden.

5.20

Die Marge macht es aus, die in frommen Zeichen oder feschem Überlegen ungeniert dazugeschlagen wird, um der Kasse das gehörige Gewicht und den geliebten Zaster zu verschaffen. Sang- und klang- los wirst du wohl nicht abziehn wollen von der Lebensszene Prangen.

Womit du einmal tätowiert bist, kann weder aus- gewischt noch wegbedungen werden. Du trägst es als ein Mal des freundlichen Erinnerns an gehabte Zeiten oder an den Wahn, damit eine Grosstat zu vollbringen.

Schöpferisches Flair hast du seit eh und je en masse mit dir herumgetragen und es hat dich inspi- riert zu Werken des begeisternden und vifen Über- dich-Verfügens. Auch dir und deinem Einschlag sollte voll bewusst sein, wie viel Künstlerisches, Kaprizi-öses und Bewundernswertes in dir steckt, von Mir und Meinesgleichen in dich eingefügt und glorreich hochgetragen.

Du wärst nicht, was du Bist, ohne Meine Zuversicht im Schaffenslust-Verteilen und kannst dafür getrost als gottgesegnet und -geliebt bezeichnet werden. In Mir, von Mir und mit Mir ist alles eine See von Freude und Gediegenheit, Lebenslust und kapitalem Wohlklang weit und breit, hinauf, hinunter und zutiefst in Meines Daseins springende und singende Äonenzeiten.

Nun lass Ich`s gut sein im Bewundern Meiner selbst und gehe zum Betrachten deiner Fähigkeiten und Begriffe, Plagiate und Errungenschaften über. Die sind in Meinem Augenzwinkern Legion und können ohne weiteres mit dem verglichen werden, was Ich anstiess, wie der Meister mit der Kegelkugel, um von Mal zu Mal zu bessern Befunden zu gelangen. Dabei gilt wie ehdem die begeisternde Parole, dass sich alles in der Einheit des erhabnen Seins vollzieht und ohne geistiges Erwachen nicht erkannt und ausgerufen werden kann. Das nenne Ich Genie sowie die Sonne des Erkennens deiner fulminanten Daseinssituation.

5.21

Tadellos aus dem, was Ich Mir Bin, geschnitten, präsentieren sich die Geistesdinge Meiner Wahl vor deinem Seingewissen. Ich erschwinge Mir das Wie und Wo von dem, was Ich Mir sein will, aus der Masse der Gewalten, Kräfte und Verbindungen, die Mir dauernd zur gefälligen Verfügung stehn. Das „Ich will" versteht sich vorab als gedankliches Konstrukt von höchster Sensibilität, wie von vollendeter Gelassenheit im Evaluieren. Dann aber greifen Meine kraftgesättigten Manieren und Manöver mächtig zu und vollenden das Geplante und Begonnene im Nu.

Gewährst du Mir die Bitten, die Ich sinnend und gewissenhaft, perlmutterglänzend und devot vor dein Dich-selbst-Besinnen lege, kann Ich den Deinen ebenso bestimmt und wohlgeraten Ausdruck und Gewährung, Moderation und Faszination verleihen.

Stets gelingt es Mir, auf das, was ja schon *ist,* voll Wucht und energetischer Doktrin, Bestimmtheit und Erbauung zuzugreifen im Bewusstsein Meiner gottbegnadeten Strukturen.

Wohin Ich schauend Mich begebe, herrschen Ruhe und Besonnenheit sowie Besonderheit im Denken, Fühlen und Vollbringen, die von Meiner Seinskapazität ein veritables Zeugnis, Zertifikat und Lagebild zur freudigen Verfügung vor sich sehn.

Ich beginne Mich zu fragen, was Ich denn nicht kann und könnte in der Vielfalt der Verfügungen, Erlasse und Behauptungen, die Mir im vehementen Zeitenlauf obliegen. So geschieht, was von Mir sachgerecht befohlen wurde, ohne Pardon und mit einer Selbstverständlichkeit, die alleweil verblüfft und Konsequenzen nach sich zieht von wundersamer Eleganz und melodiöser Sachlichkeit in einem. Mein Plural ist schliesslich kongenial und verbindet sich beständig mit dem hochgestochnen Einen, das Ich Mir absichtsvoll und wunderfitzig ausbedungen und errungen habe. Schau zu und schaue deiner Zukunft mit Begeisterung und Lebenswonne, Hochgefühl und Tapferkeit entgegen.

6

Mir ist Gottseligkeit gewährt

6.1

Meine Passion sind Kugeln aller Art und Weise, die mit ihrem wachsenden Gefühl und Finish, Charme und Scheichtum das bewundernswerte All von vorn bis hinten, und so fort, aufs Trefflichste beleben.

Maiensässe überall, wo Klugheit herrscht, das Alt- und-Ältersein nicht zu verpassen und verprassen, um es in Würde, Mir zulieb, in allen Ehren und mit allerhand Begünstigungen locker zu begehn.

Du trittst so auf, als würde dir die ganze Welt gehören, vermisst sie und lässst es dir wohl sein in den Pfründen, die du dir ergattert hast, derweil so viele andere dabei bedenklich leiden.

Was du virtuos nennst, ist bei Mir nur wie der Tropfen auf den heissen Stein, der alsogleich verpufft beim leisesten Berühren. Mir hingegen ist gegeben Meiner Seinsbeständigkeit gemäss erfolgreich zu agieren, ohne im Geringsten an enormer Kraft und freudigem Erwarten zu verlieren.

Liebst du Rebensaft, kann Ich dir jedwelche Menge, jahrelang in Holz gelagert, spitzig offerieren.

Nie dasselbe ist bei Mir zweimal zu haben. Alles atmet Doppelisnn von Anfang an und wird auch so serviert, damit die Sinne wach und knusprig bleiben. Bestens instruiert Bin Ich über Meine Möglichkeiten aufzufallen und unter Meine Aktionen möglichst lange keinen Strich zu ziehn.

Derweil Ich niemals Schlimmes oder Schlingerndes für Mich befürchte, tritt es auch nie ein, und somit gilt für Meinen Leicht-Sinn der berühmte Richtsatz: alles ist perfekt, was von Mir ausgedacht, -geführt und bis aufs kleinste Fältchen ausgebügelt ward im Laufschritt Meiner Siegestaten. Bände könnte Ich beschreiben von der Wucht und Nützlichkeit sowie vom Rollout Meiner mustergültigen Produkte. Köpfchen, Geist und Güte müssen selbstverständlich hier dazuhören, damit nichts ausser Acht gelassen wird und noch jeder Wurf genügend Land für seine Landung findet. Damit erfüllt sich das von guten Geistern wohlbehütete, kapriziöse und gekonnte Seinsverfahren.

6.2

Arbeit, Lohn und eiliger Jugend Streich gehören wie zwei Dattelkerne, die sich allgemach zur Frucht entfalten, zueinander, um sich zu ergänzen und einander beizustehn.

Sei nicht prüde, wenn es darum geht, dein Verhalten und Gestalten mehrfach zu erklären und es, dank Meiner Obhut, den gestrengen Regeln anzupassen, die aus Meiner Küche und Kombüse stammen.

Was trau Ich dir nicht alles zu, das sich am besten dazu eignet, dein Dich-selbst-Entfalten zu verbessern und beschleunigen, damit dir die Evolutionenzuversicht und -zeit nicht davon läuft und du bald einmal als wie von Mir verlassen dastehst, ohne Hang und Rang und Namen.

Mir ist Gottseligkeit gewährt und die soll dir auch werden, aus der Absicht wie dem intensiven Seinsverlangen, das du in dir hegst. So mag es dich erschüttern, wenn du weisst, mit wie viel grösserem Potenzial du dich verwirklichen, manifestieren und prästieren kannst, sowie du unter Meine Fürbitt, Fuchtel, Fabelhaftigkeit und Meinen Lehrplan dich begibst im sommer- wie im winterträchtigen und prächtigen Theater.

Deine Sohlen treten leiser auf, sowie du Mich begriffen, kontaktiert und zum Gehilfen ausersehen hast für deine klargesichtigen, ambitiösen und skurrilen Präsentationen.

Du Bist Es und willst dein zimperliches, unverschämtes Vorgehn trotzdem nicht verlassen, deiner Seinsberechtigung zu Ehren.

Wintertags wie sommers will Ich trotzdem zu dir halten und Meine Schritte vor die deinen setzen, damit sie dir zum Vorbild in gefälliger Manier gereichen. So wird, was du dir erlaubst, zur Farce, derweil das, was Ich in dir und deinem Namen unternehme, eine reine Blüte ist des vorwärtsstrebenden Elans sowie der Tugend, die mit ihm einhergeht, gottesfürchtig und bis ins Unendliche gediegen.

6.3
Au fur et à mesure will Ich nennen, wie das abläuft, was Ich in Szene gesetzt und purlimunter angestossen habe. Wer Mich kennt, weiss haargenau, wie Ich das meine und verhält sich demnach so und so in seinen Äusserungen und Beteuerungen über Welt und Wirtschaft, jetzt und anno dazumal.

Ich Bin es niemals leid, für dich vorauszusagen, was dir blüht, wenn du gehorchst, oder wenn du widerspenstig wirst gegen Meine wohlbegründeten Intentionen. Es sind Gesetze ewiger Natur, die automatisch und gekonnt zum Zuge kommen, um das Menschenbild zu dem zu stilisieren, was Ich dafür vorgesehen und vermittelt habe.

In Bezug auf die Moral verläuft Mein Leben wie geschmiert und lässt nichts aus, was Meine Liebe je zur Menschlichkeit und Wohlfahrt aller Wesen frei heraus erfunden hat, in ihrem selbstverständlichen, fürsorglichen und ausgezeichneten Benehmen.

Was deine Sache ist, bleibt noch in vielen Fällen stockend auf der Strecke liegen, weil es dir an Saft und Kraft gebiert, es sogleich auszuführen.

Ich habe dich gewarnt mit einem leis dahingesagten Wortspiel oder einer linden Geste, und du hast sie nicht beachtet, ob dem schrillen Hin und Her, das du dir anerzogen hast in vielen traditionsgespickten Jahren. Doch nun wird täglich, tätig und erfolgreich in und an dir aufgerissen was verhärtet und verunglimpft war und wird mit der Chance ausgestattet, besser, brüderlicher und vertrauter mit den gottesgeistigen Errungenschaften und Befunden umzugehn.

Ich liebe es, vom Glück zu reden, das die fromme Seele dann erfährt, wenn sie sich auf Mich und die ersehnte Labsal konzentriert, die von Mir ausgeht und das All durchströmt mit seinen vielgerühmten Weihegaben. Kannst du dich mit Mir befassen, fassest du in eins zusammen, was allüberall geschieht und was Geselligkeit verbreitet von den primitivsten bis zu den höchsten Rängen in der Hierarchie der geistgesättigten Gemüter.

Willige sind bei Mir bestens aufgehoben und können die Gewissheit intus haben, dass Ich ihrem Sein das Meine zuselle und es damit in die Sphären des Elysiums und Heiterseins, Prosperierens und Glückseligseins erhebe.

6.4

Alles, was von Mir kommt, ist vom Schimmer der Wahrhaftigkeit und Liebenswürdigkeit beseelt. Du vermagst mit dem, was *Ich* dir präsentiere, in der Geistwelt Berge zu versetzen und Täler auszufüllen, um der Ebenmässigkeit und Harmonie der Welten willen, die sich Meines Seins Partie, Partei und Trächtigkeit erschuf.

Dabei geht es um unendlich vieles, das sich in dem Einen wieder etabliert in corpore, wie im Kontinuum von Meines Seiens Fortschritt und bewusst gehaltenem Gehaben.

Ich sageJa, wo immer einer in der Menschengruft und -grille Meines Namens seine Zähne blinken lässt im allgemeinen Weltbetrieb. Das Bittere verwandle Ich in Wohlbekömmlichkeit an sich und handle nach dem Grundsatz: Mir kann alles recht sein, was da *ist,* und was Meine sakrosankten Züge trägt im Andersartigen. Jawohl, so muss es sein, dass alles, was real scheint, untergeht und sich die seinsbewusste Wirklichkeit behauptet, die Ich Bin, in kosmisch ausgebreiteter Manier.

Hierzulande fasst sich, was als Alles oder Nichts gilt, ins Unendliche zusammen und erfüllt sein Sein in gottgesegneter Manier. Das Lichte triumphiert und macht sich breit, beständig, wirkungsvoll und wunderbar.

Schliesslich stillt die Stille aller Wesen Wunsch nach Harmonie und Frieden und lädt sie dazu ein, ihr Inneres mit seelenseliger Gewandtheit, Seinsbewusstheit, Himmelszärtlichkeit, Entrücktheit, Weltenliebe und erwartungsvoller Wonne zu erfüllen.

So kommt, was kommen will, in Meinen Spielraum universenweiter Leere und erfüllt ihn mit der Kraft und Energie des Sinns, der allem Sein entströmt, und es in eine Flut von Sagenhaftigkeit und Eleganz verwandelt, in der Göttersicht gesehn.

Rund läuft, was *Ich* inszeniere, spiralig aufwärts aus dem Anfang einem hochgesetzten Ende zu. Es hört nimmer auf zu existieren, buchstabieren und zum Wortsein zu erheben, was Ich Bin und was sich ewiglich erneut im Sich-ans-Weltsein-zu-Verspielen.

6.5
Was willst du am Geheimnis Meiner Wesenszüge rühren, wo noch so vieles an dir selber unerforscht ist in den veritablen Wesenstiefen?

Wie kommst du dir denn vor, wenn du dich nackend vor Mir siehst mit Meinen Sperberaugen und nicht wissen kannst, woher die Blicke kommen und wohin die Bilder driften, die sie in sich saugen. O mein Gott, rufst du da eines übers andre Mal betroffen aus, um Trost zu finden und Erbauung in der penetranten Seelennot.

Ich stärke dich aus wohlbedachten Gründen und giesse dir das Elixier der Hoffnung ein, damit du mutig vorgehst, statt zu resignieren, und beispielhaft agierst auf deiner schnurgerad gezognen Bahn.

Ich wende, was verunglimpft war, in glimpflich abgelaufene Szenarien, aus denen du Erfahrung schöpfen kannst und Energie für Generationen.

Ich Bin der Massstab für dein angemessnes Handeln und Verwandeln deiner Lebensdinge in natürliche Begebenheiten und Begriffe, die von Gottgefälligkeit und Edelmut, Manierlichkeit und Grossmut triefen.

Ich streife dich bewusst und bühnenreif mit Meines Geistes Flügelschar und lasse dich damit dich selbst erkennen, als Mein Aufwand und Ertrag, Meine Aussaat wie Mein Resümee im bäuerlichen Kreiselfahren.

Bitte stelle dich so hin, dass du im besten Licht erscheinst, das Ich für dich dahingegeben. Ich lichte dich dann ab, damit du jederzeit bezeugen kannst, wie schön du einmal warst, wie seinsgefällig und gediegen.

Mit einem Bruderkuss auf Stirn und Wangen lass Ich dich den Weglauf weitergehn, der für dich angemessen und verhältnismässig ist in Meinem väterlichen Kontext und Verfahren. Das führt dann nach Äonen zur Allherrlichkeit in deinem Dich-Begründen, wie zur Labung deines Seelenseins mit Meinem Sinngehalt und Meiner lichten Schwere.

Am vielem hast du dich gestossen, doch in Tat und Wahrheit stiess *Ich* dich tüchtig an, um dich zum rechten Ziel, zur seinsgerechten Zucht, wie zur Erhabenheit im Geiste hinzuführen. Meditiere das und füge es zum Fundus deiner liebevollen Qualitäten.

6.6
Ich verschenke lächelnd wieder, was Ich Mir mit Umsicht, Tatendrang, Gutmütigkeit und Edelmut erworben habe. Mein Sachverstand reicht aberweit hinaus und kehrt gesättigt und erfolgreich, mustergültig und befriedet zu sich selber wieder.

Aus purem Willen zu gestalten und erhalten setze Ich Mich selbst aufs Spiel in Welten, die gedeihen oder arg missraten mögen. Meine Universenwirtschaft ist unendlich grandios geraten und offenbart für jedermann, wozu Ich fähig Bin und wie weit hinaus Ich Mich zu lehnen wage.

Was dich betrifft, Bin Ich ganz Ohr und vertiefe Mich in dein Gedankenspiel, um seinen Kern und seine Inbrunst zügig zu erraten. Dieser Konstellation zu folgen, Bin Ich`s Mir gewohnt, dort an- und einzugreifen, wo es nötig und plausibel ist in den Gemarken Meines universenschaffenden Agierens.

Was Ich an Witz und Ordnung, Zuversichtlichkeit und Regelmässigkeit im All verteile, geht in die Myriaden und kann von niemand als von Mir gezählt, gezügelt, sinngemäss gelobt oder schärfstens ausgepfiffen werden.

Das ist nun einmal von Mir etabliert und für recht und gut befunden worden und keiner soll sich unterstehn, daran zu rütteln und zu schütteln, um es aus dem Lot zu bringen. „Mein Reich ist nicht von dieser Welt", ist beinah müssig hier noch anzufügen, und dennoch ist es wichtig, weil es dich im Innersten betrifft und weil dein ganzes Sein und Schaffen darauf zielen sollte, Meinen Geistesreichtum zu erfahren und sich von ihm veredeln, qualifizieren und verherrlichen zu lassen.

Punkto Herrlichkeit hast du noch viel von Mir zu lernen und prästieren, doch es lohnt sich ohnehin für dich auf alles einzugehn, was von Mir kommt, und was Ich dir in allem Ernst ins Seinsgewissen trage. Nur auf diese Weise kannst du wundertätig und in Meinem Sinn erfolgreich sein, im Zeichen der

Natürlichkeit, der Gottesminne, wie der Wonne am von Mir gespendeten und im Kosmos etablierten Geisteswohl.

6.7

Ich lasse dich von Zion her dein Selbst erleben und überlasse niemand seinem Schicksal, ohne es geformt und ausgemessen, beglaubigt und entzückt zu haben. Den Nachweis habe Ich erbracht an denen, die ihren Lebenslauf zu einem Kunstgebilde stilisiert und hochgezüchtet haben. Sie sind mit götterlichten Wesen zu vergleichen, die ihr Heil in Mir und Meiner Ambiance des Friedens, der Gerechtigkeit und Seelenseligkeit gefunden haben.

Zweifellos beginnt ein jeder, der sich Mir vollends ergeben hat, ein anderer zu werden, als der er vordem war, und sich der Würde der Propheten und Gesegneten gemäss von hier nach dort und von der irdischen Verfügbarkeit zur himmelhohen zu bewegen.

In Meinem Ziel liegt alles Zielen dieser Welt begründet und jede Silbe Meiner Äusserungen hat den Zweck, die Menschenwelt von A nach B und schliesslich durch das ganze Alphabet zu dirigieren.

Ich kneife nie, wenn es auch noch so viel Gelegenheiten für Mich gäbe, von der Lebensszene abzuhauen und den Wirrwarr anderer zu überlassen, den Ich in bester Absicht hinterlassen habe.

Meine Matten liegen bis ins Unermessliche gedehnt vor Mir und werden täglich reich bewässert und bedient, dass ihre Frucht gedeiht und Labung spendet aus der Fülle Meiner Liebesgaben. Aus der Einheit ging einst alles Irdische hervor und kehrt zu ihrem reinen, reifen Ursprung wieder, um darin Erfüllung, Fabelhaftigkeit, Vollzug und Makellosigkeit zu finden.

Ich Bin der Born der Weisheit, der Natürlichkeit und Schönheit immer schon gewesen und fahre fort, auf dieser spiegelblanken Schiene Meinen Intentionen, Bündnissen und Begünstigungen nachzugehn. Wes Wille dabei dominant ist, brauch Ich nicht zu sagen, aber dass Ich deinen stärken will, ist offensichtlich und auch nimmer zu beklagen.

Meiner Möglichkeiten ehernes Gewicht verlangt Bestätigung, Betätigung, Wohl- und Willfahrt auch in dir und lässt sich trefflich an dem liebevollen, lebenstollen und bewundernswerten Weltgeschehn erahnen.

6.8

In Meinem Wertsystem begegnen sich die Lebensdinge stets in optimaler Weise, um sich gegenseitig anzufeuern, zu ergänzen und, wo`s immer möglich ist, auf Tutti zu gehn. Mein Gehabe ist das eines Grandseigneurs, der es sich gewohnt ist, grandios und würdig aufzutreten, um markante Wirkungen und Seinsveränderungen zu erzielen.

Was Mir immer frommt, soll auch dir angenehm und nützlich sein in deinen Unternehmungen, kapitalen Fängen und Verzierungen von dem, was sich als nützlich, seinsgeladen und potent erwiesen hat in allen Meinen Gütegraden. Woran es bei dir krankt, kann Ich mit einem Federstrich und Kunstgriff gründlich heilen. Willig oder nillig müssen die lokalen Iche und Gerichte sich um alle Fälle kümmern, die ihnen vorgeführt und zugeschoben werden.

Mach dir kein Gewissen, wenn es hagelt oder stürmt, des Gewitters Urkraft muss sich wieder legen und der Ruhe gnädig Vortritt lassen im allweltlichen Betrieb.

Bist du so weit gediehen, dass du nicht mehr wegen jedem Windstoss auffährst, lass Ich Mich bei dir gelassen nieder, wo noch eben Knall und Kniefall, Schlachtruf und Getöse zu vernehmen waren.

Ferne liegt es Mir, um des Kaisers Bart zu streiten, weil Ich Meine Zeit mit Angenehmerem und Nützlicherem verbringen will im Jahr der schallenden Trompeten, die darauf erpicht sind, Siege, schäumende Erfolge und Gewinne zu verkünden.

Mir geht es ständig darum, einer ausgewogenen und vertikalen Welt die Stange wie den Krummstab hinzuhalten, damit sie diese fest im Griff behalte und im Seinsvisier.

Ich setze Kontrapunkte, um des Ausgleichs willen, der im Seinsnatürlichen gedeihen und florieren soll, wie alles, was von Mir kommt, voller Gnaden. Mein Metier ist die Gewinnung von Vertrauen in die Macht, die angekettet in Mir der Entfaltung harrt, sowie in der Gewissheit ihrer Zähmung in und um Mich her.

Meine Lebensfelder blühen und Meine Blüten duften, von gottseligen Winden zu den Schnüfflern hingetragen. Das alles geht galant durch Meinen Sinn und Mein Mir-selbst-aufs-Innigste-Behagen.

6.9

Ich emergiere aus der Heiterkeit Elysiens wie Triton aus den Meeresfluten und besinne Mich auf Meines Daseins Form und Fieber, Fertigkeit und Fertibilität. Die Lebensfreude lockt Mich aus den Federn und der Wind der Wahrheit und Wahrhaftigkeit versteht es Meines Seiens Sinn und Singularität behutsam und bewusst zu überstreichen.

So reiht sich dieser Tag mit Wohlgefallen und Verbindlichkeit an all die anderen, die Mir en masse Verdienste und Bewunderungen, Heiterkeiten und Beseelungen beschert und zugewendet haben.

Ich habe Mich noch niemals mit Mir selber überworfen und fühle Mich in Meinen Eigenheiten und bewussten Schauungen ausnehmend wohl, so dass der Takt der Tage wie ein stetes Loblied tönt in Mein für schöne Dinge und Geschehnisse besonders eingestelltes und empfindliches Gehör.

Ich verbitte Mir Kritik an dem, was Ich in eigener Regie, Gefälligkeit und Wohlgemutheit unternehme und lasse Mich nicht lumpen, wenn es darum geht, Mein Kapital, wie Meinen Kirchenschatz, gehörig unter die Gemeinde der aus vollem Herzen Gläubigen und Guten zu verteilen.

Ich erwarte nichts zurück als Loyalität, Natürlichkeit und Überzeugung, Meinem Wertbegriff und Heilsinn gegenüber und Bin's gewohnt, die sich als würdig und dezent erwiesen haben, einzuweihen ins Geheimnis Meines sakrosankten Seins und Sinnens am gesamten Weltsystem.

Das Brachiale lass Ich in den Hades fahren und das Feingefühlte und -gefächerte platziere Ich zu

Meiner Rechten, so wie Ich die Superprovisorische an Meine Linke delegiere.

Was Ich Mir Bin, in Meiner Hochgeburt von Güte und Gelassenheit, ist universenweit verbreitet und deswegen auch in dir, um Glück und seliges Beginnen und Besinnen zu verbreiten. Dies geschieht allüberall und radikal von einem Aufgang bis zum anderen im Strahlenkranz des Lichtes und der Liebesenergie.

6.10

Was auffährt, fährt im selben Sinn und Geist auch nieder und verschwindet so, wie es gekommen ist, im Numinosen. Du kannst es drehen, wie du willst, von Spuren keine Spur, wenn es um geistige Begriffe geht, in Regionen, wo das Festgefügte dominiert und als real betrachtet wird von den gelehrten Häuptern im Allhier.

Ich schaue zu und lasse sie gewähren, weil Ich weiss, wie sehr sie sich verhaspeln werden in den eigens ausgelegten Schnüren, die Erkenntnis und Erbauung bringen sollten.

Wer Mir vertraut, soll seine Machart beibehalten und soll nicht nach anderen, effizienteren und glorioseren Verfahren schielen. Zu wünschen ist vor allem, dass du in Bezug auf Meine Sache weder aus- noch einbüxt im vor deinen Märchenaugen aufgeworfnen Schnie.

Wenn du windest, winde Ich dich zeitgleich, zielgerichtet, zügig und behänd zu Mir hinan, bis zum vielersehnten Seinsgewahren, mitten in des Lebens penetrantem Ach und Weh.

Die Hiesigen sind nicht so leicht vom Zauber abzubringen, der sich wichtig und verschlagen über ihre Lande legte. Sie folgen ihm statt Mir und wissen nicht, in welche dräuende Gefahr sie sich damit begeben.

Bei Mir kommt alles darauf an, mit welcher Seinsgesinnung und Gesittung das getan wird, was gerade oder ungerade abläuft in der menschlichen wie gottesgeistigen Hierarchie. Da laufen alle Fäden mehr oder minder angespannt zusammen, um tonangebend und gewandt den Fortschritt zu bewirken.

Was du dabei nicht kannst, kann *Ich* mit einem Schwick und einer Geste der gediegenen Betriebsamkeit erreichen, denen man von weitem ansieht, welchem Haus und Hoftum sie entspringen. Da habe Ich die Lacher stets auf Meiner Seite, die manchen Fehltritt zwar bedauern, aber dann mit einem Lächeln unvermittelt weitergehn.

Ich triefe von Erfolg mit Meinen gottgesegneten und geistgefütterten Manieren und lasse Mich nicht lumpen, wenn es darum geht, sie in das Künftige, Kunstvolle und Bewundernswürdige zu projizieren. Mit Meiner Hilfe wird sich alles noch zum Besten wenden und zum gloriosen Ende dort und hier.

6.11

Was sprunghaft gerät, ist selten zu schätzen, das Kontinuierliche jedoch bedeutend mehr. Ich nehme Mir die Zeit, um alles so gediegen und gesellschaftsfähig, übersichtlich und beweglich wie nur möglich anzurichten, in der grandiosen Schau, die Ich seit ehdem auf der Weltenbühne inszeniere.

Mein Vortrag und Verdikt ist stets mit einem Nachhinein verbunden, das bis ins Detail klärt und ziseliert, wie Ich es meine und wie der Hase laufen soll in Meinem respektablen Seinsgehege.

Das lädt jedermann gemächlich dazu ein, am Glück des Schaffens neuer Seinsgegebenheiten teilzunehmen und es auszuweiten, bis ins kosmische Geschehn.

Mir sind die Hände nie gebunden, wenn es darum geht, Neuland zu erschliessen und mit hemmungsloser Urgeschicklichkeit zu hegen und zu pflegen, sachgerecht und populär.

Viele auf dem Tripp der hunderttausend Möglichkeiten gehen zu gemächlich und besinnlich vor und kommen an kein Ende mit dem, was sie voll Begeisterung und Zuversicht, Treuherzigkeit und gutem Willen angesponnen und gewonnen haben.

Ich hingegen *Bin* und Bin der Vollendung und Gewinnung Meister in der minutiös vollbrachten Liebestat an Meinen seelenvollen Gliedern. Ich spinne an und auf und ab und lass es an nichts fehlen, was der guten Sache förderlich und dienlich ist im Aufwand, Drill und Duktus, den Ich wissenschaftlich an Mir pflege.

6.12
Leben und Lieben, Streben und Stieben in der Gefolgschaft und Betroffenheit von dem, der *ist,* in Mir und Meinen Gliedern. Ich runde auf, was vordem noch gebrochen war und addiere wieder, was du, in deiner Einfalt, abgezogen hast vom Leben.

Du sollst allmählich Kenntnis davon nehmen, dass Ich fehllos Bin, wenn es darum geht, alte Zöpfe abzuschneiden und mit neuen Regeln aufzuwarten für den zwischenmenschlichen Verkehr.

Tief und richtig sind die Gründe, die Mich dazu führen, streng zu sein in Sachen Logik – und manierlich, wo die Milde dich beträchtlich weiterbringt im zukunftsträchtigen Geschehn.

Du kannst wollen, was du immer willst, und Ich helfe dir dabei, dein Ziel bewusst, harmonisch und erfolgreich zu erreichen; aber dafür, dass es gut sei, menschenfreundlich, gottgefällig und erhaben, musst du selber sorgen.

Ohne Meinen Eingriff wirst du meist nicht weiter kommen als zum Ende deiner Nasenspitze; da hört deine Weisheit auf und die knackigen Verlockungen und Derwischtänze, maledetten Suchtgesänge und -gehänge fangen an, dich restlos und despotisch zu beherrschen.

Da ist es wohl am Platz, dass einer sich erbarmt um deinetwillen, und der Bin Ich, geziemend und gezielt auf der ganzen, langen Linie Meiner Liebesgaben. Lustig ist es nicht für Mich da einzugreifen, wo gefehlt, gemeckert und Unfug getrieben worden ist. Aber Ich erbarme Mich um deinet- wie um Meinetwillen, um dem Ganzen jenen Pfiff und Pfaff und Schniegel zu verleihen, die ihm unter Meiner Leitung und Ägide auch gebühren.

Ist für einmal tüchtig abgerechnet und bereinigt worden, kann es mit dir unaufhörlich höhwärts gehn in geisteswirkliche Bezirke, wo die Cherubime thronen und das Mass der Dinge mit Gottseligkeit getränkt und angereichert ist von Meiner Marke und Manier.

Alle Gitter sind verschwunden und die Gatter offen hin zu Mir und Meinem Reich des heiteren Besinnens auf das seinsbedingte In-Gottseligkeit-Verweilen.

6.13

Forsch musst du gegen Frösche vorgehn, die sich stets frechere Sprünge erlauben, um ihren Zielort zu erreichen. Sie missbrauchen ihre Zunge im Weitwurf und blähen ihre Backen auf, als ob sie König über vieles wären. Ich bescheide Mich dagegen auf das Handwerk, das Ich wirklich kann im Pochen auf die quellfrischen Sentenzen, die wirklich was zu richten haben. Meiner Treu, Mir schwinden fast die Sinne vor dem Mist, den selbst gelehrte Häupter um sich werfen, um sich lang und breit zu machen in der Lebensliturgie.

Kannst du spiessen, spiesse doch zuerst die Spiesser auf, die ihren Job im Besserwissen finden als das völkische Gefühl.

Willst du wirklich Attraktives, Lukratives und Beseligendes finden, schau bei Mir, mit welchem sharm el sheikh und welcher Schlüssigkeit Ich ständig operiere. Mein Sinn fürs Sinnen hält Mich wach an allen Fronten, die Ich wohlbedacht und piekfein für Mich offen halte.

Tu` nicht so, als ob du Meine Argumente, Zeitungsenten und gebratnen Tauben nicht geniessen würdest mit dem Hunger nach Sensationen, Weltneuheiten und Verdriesslickeiten, die sich tagtäglich drängelnd aneinanderreihn.

Ich mischle mit im Gütesinn, wo es Myriaden andere mit Gift und Galle, Niedertracht und Mückenstichen halten. Klar ist, was *Ich* dir besage, und voller Trübsinn, was der Menge durch den Kopf geht im Bestreiten ihrer Lebenstage.

Wenn es dich zwickt, entscheide hurtig, wo du kratzen willst, damit kein Ungemach entsteht in deinem Über-dich-Verfügen.

Was gibt es Neues, magst du Mich befragen. Nichts, ist die Antwort, alles ist schon dagewesen und dein Widerkäuertum bleibt grenzenlos. Nur wenn du dich als Meines Seins Natürlichkeit, Kolumne, Robe und Talar erkannt hast, ist wirklich etwas Unerhörtes in der Welt geschehn.

7

Achtung
vor dem Universenkreisen

7.1

Was Mein Wille ist, wird auch der deine sein in der Unendlichkeit der Geistessphären. Vor Menschenmass kommt Gottesmass zum Zug und teilt sich allem mit, was relevant und richtig ist in den Verhältnissen, die du dir sich selber zugelegt.

Willst du gelassen sein, so lasse alles, was du selbstisch um dich schartest, fahren. Nichts geht in Verruf, was *Ich* bestimmt und seinsbeglückt, gelockert und erheitert habe. So seh Ich Mich den neuen Tag beschreiten, um in ihm dem Recht zum Recht, der Fröhlichkeit zum Ausbruch und der Liebe zum Umfangen zu verhelfen.

Letzten Endes wird das auch der Anfang sein von einer Strategie der Wohlfahrt und des Seinsbegehrens, das von allen praktiziert und gutgeheissen wird, die etwas Rechtes wollen und dem Linkischen den Laufpass geben.

Was ab dann von dir erbaut wird, hat Bestand für Ewigkeiten, und was du aufgibst, schwindet und verschwindet, ohne die geringste Spur zu hinterlassen.

Magnetisch zieht dich an, was von Mir an deinen Lebensweg gestellt und aufgemöbelt wird, um dir Meine Güte und Geduld, Gottesglorie und Geruhsamkeit gebührend vorzuführen. Mächtig ist Mein Drang, nach solchen Ausschau und Begehrlichkeit zu halten, die als Avancierte und aufs köstlichste Versierte zu betrachten sind in Meiner universenweiten Meierei.

Aufmerksam und öhrchenspitzend sollen sie vor Mir einhergehn als Gesandte höheren Begreifens, wie als Narren vor der Menschen wohlgefälligem Sich-selbst-Betonen.

Ich bringe alles noch in volle Fahrt, was aufgebockt und festgefahren war, unbeachtet und fürs Geistige verloren.

Wie in Bilderbüchern blättert sich und läppert sich all das zusammen, was Ich für goldrichtig und vernünftig, gewissenhaft und stilgerecht betrachte, um sich schliesslich selbst zurechtzufinden in der Menschen wie der Götter fulminantem Meisterchor.

Hingegen wünschen viele noch, aus zartem Mund auf dem Podest den Siegeskuss und Kitzel zu erhalten, vor der Masse, die sich gerne täuschen lässt, nach dem Belieben der Verführer, die dahinter stehn.

7.2
Sieh dir die Weltensonnen nächtig an, wie sie Weisheit funkeln und gelassen ihre Wunderkreise ziehn. Manifest der Liebe sind sie überirdischen Verschenkens, Lenkens und Bedenkens ihrer Situation im Allerleben.

Wie Ich das alles in demselben Blick bewahre, ist echt grandios und schaut in seinem Aufwall und Gehaben, seinem Glück und seiner Grossmanier sich selber an, in dir wie Mir, erstaunlich bündig, findig und erhaben.

Natürlich schlägst auch du den Brotsack auf, sowie du Hunger spürst in deinem Magengrübchen. Und ist er leer, verzweifelst du an deiner Lage und beginnst zu scharren irgendwo. So auch der Seele Sinngehalt und Suchen in den Nächten ihres Seins, solange bis es hell und heil wird in ihr selber und Gestilltheit herrscht von ihrem Drängen im bedrängenden Allhier.

Was Ich als Wissenschaft vom Sein erkenne und benenne, ist ein Zug und Ziehn, derweil ein zartes Zischeln durch die lauschenden Gemüter raschelt im Globalen wie im Unermesslichen von Meinem Rang und richtungweisenden Benehmen.

Ist dir etwas unklar, kläre Ich es schleunigst auf, damit du nicht im Dunkeln tappen musst in deiner Unbeholfenheit in Sachen Seinserkennen und Es-intus-Haben.

Was du gewinnen sollst, ist Achtung vor dem Universenkreisen, das von Geistesmächten hingezaubert und genährt, belehrt und unterhalten worden ist, seit Anno Domini bis dato, in bewegender und imposanter Weise, ohne jeden Abstrich, Rückschritt oder Seinsverlust im Wunderbaren.

Mitnichten kann es dir geschehn, dass du fehlst und fällst in deinen Wachstumsperioden, wie in deines Seins Integrität und Wissenschaft, Kapazität und nie verebbenden Gelingen an dir sich selbst. Das geschieht in wunderbarer Eintracht mit dem Ewigen, das Ich dir Bin, verfassungsmässig und verlässlich, figalant und kaum bekannt in der Verfassung und Entschiedenheit, die Ich auf Wunsch für jeden lächelnd, liebevoll und heiter präsentiere.

7.3
Moderat, verhalten und bescheiden Bin Ich nie gewesen in der langgedehnten Seinsgeschichte, die Mir eigen. Immer hat es „mehr und mehr"

geheissen in Bezug auf Qualität und Quirligkeit, Konstanz und Affirmation jedwelcher glorioser Taten.

Wie schön das immer klingt, es musste hart und glaubhaft, dauerhaft und konsequent errungen werden durch die Myriaden derer, die Ich im Geistessinne delegiert und auf Meine Zwecke, Zwicke und Register eingefuchst und ausgerichtet habe.

Nun folgt die Zeit des allgemeinen Adaptierens dessen, was von Mir als angebracht und angemessen, überragend, rund, gesund und graziös befunden worden ist. Alledem ist zu verdanken, dass das All der Welten mit soviel, Geschmeidigkeit, Elan und Saveur ausgestattet ist, dass Ich Mich selber rühmen und bedanken muss dafür.

Mir Zauberkräften habe Ich Gestirne in das All geworfen und habe Mich ergötzt an ihrem vehementen Auftritt und Gehaben. Nicht alles ging auf Anhieb so kulant und kunstvoll, elegant und punktgenau vonstatten, wie es Meine grandiose Absicht war, aber eingespielt hat es sich schon im Aufwall des Geschehns wie in der Rundung, die die Universendinge im Äonenlauf erfahren haben.

Hast du schon bedacht, mit welcher Selbstverständlichkeit und Plausibilität Ich dich in alles eingeführt und eingefuchst, gestossen und gezogen habe. Da ist Mein Götterwille wirkungsvoll, kapriziös und generös zum Zug gekommen mit der Absicht, alles zu verschenken, was Mir hold und heilig war. Nimm es an und hüte es als Schatz von universenweiter Schätzung und Gewährnis, Nützlichkeit und Geistesgegenwart in einem.

Das alles nenne Ich Genie, Kunstfertigkeit und künstlerisches Flair in grandiosem Stil und ebensolcher Stillung aller Meiner Wünsche in des Seins Verbindlichkeit im Wunderbaren.

Alles, was Ich recht getroffen, macht betroffen und verdient aufs Allerwürdigste gelobt, verehrt und anerkannt zu werden.

So *ist* Mein Grosssein, wie das deine, und wird es ewig unverwüstlich bleiben.

7.4
Positiv berührt Bin Ich vor allem dann, wenn sich die Lebensdinge in der Welt nach Meinem Sinn und Geist entfalten und zu besseren Bedingungen und partnerschaftlichen Beziehungen erheben.

Ich verstehe Mich sowohl als Konservator gängiger Begriffe, wie als weiterführende Instanz, von der es heisst, dass sie in jedem Fach und Fechtfeld allerbestens eingeführt und kognitiv bewandert ist, wie man sich's nur wünschen kann, in den kühnsten und verstiegensten Allegorien.

Hoffst du, so hoffe stillvergnügt auf die Präsenz an *Meinem* Hof, und bewahre Ruhe und Gelassenheit selbst in den kitzligsten und drohensten, aufgebauschtesten und singulärsten Situationen. Ich mache Mir und Meinem Anhang einen Spass daraus, so vehement, geschickt, rudimentär und adäquat zu reagieren, dass nichts übrigbleibt von Griffigkeit und Angriff der verbündeten Komparsen.

Wie schön du bist in deinem Unmut, will Ich hier leichterdings besagen und dabei betonen, dass zuvörderst wie zuletzt nur gültig, gütig und bekömmlich ist, was Ich empfohlen und für gut befunden habe. Meiner Treu und Männertreu, wie kannst du da noch so gehässig, aufsässig und verstiegen sein, dass es nur so kracht in deinem minikrimen Weltensein in eigensinniger Manier.

Nur wenn es dir gelingt, in Meinem Anstand und Revier sowie in Meiner Seinsbehäbigkeit und weltumfassenden Präsenz Relieve und Sicherheit zu finden, Bist du ein für allemal saniert und in den Kreis der seligmachenden Vernunft und Gottesgüte aufgenommen.

Ich trage dir nichts nach, doch Bin Ich Mir`s gewohnt, der ganzen Welt Wahrhaftigkeit und Liebenswürdigkeit, intense Wissenschaft vom Sein und Sich-Erleben, wie von Kunstgenuss, voranzutragen.

Breit gestreut sind Meine sagenhaften und gesicherten Intentionen, die dem All den Touch Elysiens und der Befindlichkeit der Weltenbürger eine Noblesse von sinfonischer Gediegenheit zugutehalten.

Das ist und bleibt Mein Wille und Befehl wie Meiner Seinsbewusstheit glorioses Unterfangen.

7.5
Das Kreative ist Mir angeboren und belebt die Lebensszene wunderbar. Dort wesest du im Wirkfeld Meiner Gnaden und beziehst dich ohne weiteres auf alles, was Ich in dir Bin und was Ich gütestrahlend in dich eingezogen.

Ich habe dich vor jedem Zeitbegriff erwählt zu dem, was du nun Bist, was immer auch geschah und was dich nun beschäftigt, um dich zu Mir hochzuhieven, bis zu Meinem Level und Für-dich-Gevatter-Stehn.

In wie für Kinderfüsse angefertigten Pantöffelchen gehst du noch immer schlangenmässig vor Mir her und wertest auf und streitest ab, was Ich bisher für dich und deinen Geisteshaushalt eingerichtet habe, in so und soviel Tranchen, Trächtigkeiten und Verwirbelungen deines Seinsgefühls.

In Bälde wirst du himmelhoch begreifen, was Ich von dir will und was Mein wissendes und wissenschaftliches Begehren ist an deiner angelehnten Herzenstür. Nimmst du es liebevoll und langzeitwirkend in dir auf, so wird es auch sein Werk nach Meinem Sinn und Gusto regelrecht vollbringen und dich dazu animieren, eine Wucht zu sein in Sachen Freigeist, Ehrenhaftigkeit und immanentem Frieden.

Bist du dazu bereit, noch ohne jeden Zweifel, Anhalt und Versuch zu kneifen, dich an Mich und Meine Geistigkeit heranzupirschen, weise Ich dich einer Stätte zu, von deren Glanz und Glut Arkadien ein Sinnbild ist, in unerhört begeisternden Dimensionen.

Was steckt nun hinter alledem, mit Elementenwucht und Wirkung, in den universenweiten Whirlpool gezogen? Nichts weniger als das Bestreben, Meinem Schöpferdrang und -Duktus freie Fahrt, Entfaltung und Behauptung zu gewähren. Das ist Meines Wesens Aperçu und Qualität, Gediegenheit und Fortschritt durch Äonen.

Ich habe Mich ins Sosein gründlich, graziös, gebieterisch, authentisch und artistisch hochgezogen, um des grandiosen Seiens und Mich-selbst-Behauptens willen im zutiefst beglückenden Allhier.

7.6

„Mon Dieu, jetzt kann es nur noch besser gehn", hast du gesagt und hast dabei die Augensterne seltsam innig in die Höh gezogen. Was meintest du damit, ist bald gefragt, doch auf eine Antwort kann Ich lange warten.

Ich Bin auferstanden resümiere Ich besinnlich vor Mich hin und meine damit Meinen Geistleib, den Ich nach Belieben sichtbar und beweglich halten kann. Das heisst: Ich komme und verschwinde immer wieder, um dir zu beweisen, wie es um Mich steht und wie es einst auch um dich stehen soll im Unikaten und bewussten Geistesleben.

Ich ziehe Meine Pappenheimer wie magnetisch an und erhöhe, was sie sich geworden sind, um Potenzen und Besonderheiten, die schon längst und längelang in Meiner Geistesfibel stehn.

Ich warte auf mit Neuigkeiten, die sich direkt von Meinem Himmel in dein Erdreich bohren und dabei die Botschaft hinterlassen von dem Einen, unermesslich Grandiosen, der da *Ist* und der Ich in dir Bin in wunderbarer Selbstverständlichkeit und Liebenswürdigkeit, manierlich und global.

Momentan und immerzu läuft alles rund und rundherum in Meinen Meisterzügen, die von geistigen Belangen was verstehn und sich alle Mühe geben, diese im Unendlichen, wie Personanalen, zu verbreiten, wie die Frühlingswinde Blüten-staub in alle Herren Länder tragen.

Was Ich konstatiere, ist der Unverstand, der Mir heute noch zumeist begegnet in den Köpfen der so sehr geliebten Menschenschar. Es ist das Freisein, welches sie in manche Irre führt, aus der sie sich mit Müh und Not und Federlassen wieder wegzufinden haben.

Ich kann warten und variieren in der Art und Weise, wie Ich Meine Schäfchen wieder in den Laufstall locken kann. Dort ist es Mir wie nichts daran gelegen, ihnen das zu bieten, was sie aufrecht hält und was ihr Sein mit Sinn begabt, mit Ausdruck und Gewinn, Glückseligkeit und sammetsanften Werten noch und noch in Mir und damit im verehrens-würdigen und himmlisch angehauchten Äthermeer.

7.7

Nur allzu oft verirrst du dich in wilde Spekulationen über das, was Ursach war für eine abgrundtiefe Havarie. Akribisch wird der Schuldige gesucht und einer wird auf jeden Fall gefunden, selbst wenn ers nimmer war. Die wahre Wahrheit offenbart sich nur in Meinem lichten Tag und stellt den Ausgleich zwischen dem, was ist, und dem Vermuteten in Glanz und Glorie wieder her.

Willst du glauben, glaube ganz zuvörderst an Mein segenspendendes Signal und übertu` dich nicht mit dem, was du dir traust zu meinen. Denn nur Meine Sicht und Ansicht von der Welt ist wirklich allumfassend und vereint das Klägliche mit dem Bedeutenden in ihrem lichterfüllten Schoss.

Überlegst du so, so bange erst einmal um dich und deine Gründe, dich so und so und somit zu verhalten, als wärst du der Beherrscher jeder Szene, die sich aus der Augenfälligkeit des Lebens sukzessiv ergibt und die nicht als vorhersehbar erscheint in deinem zwitterhaften Wähnen.

Was dir immer mundet, muss zuallererst aus Meinem Munde quellen und verteilt sich dann auf aberviele durstige und hungrige Gemüter, die nach Wahrheit, Wirklichkeit, wie nach dem Glanz des sonnenhellen Himmels streben.

Gelingt es dir, in Meiner guten Stube Unterschlupf und Lebensqualität, Wärme und Wahrhaftigkeit zu finden, kannst du wirklich froh sein, wo noch so quantenmässig viele ihren Zug und Zaster wohlgemeint am falschen Orte suchen.

Mir ist das Heil als heiliges Relikt ins Augenlicht geschrieben und strahlt von dort in alle Welt hinaus als eine Botschaft der vollendeten Erquickung und Erlabung an der Welt der überirdischen Gesetze himmelhoch gediehen.

Sehr noch an Mir selber liegt es, wie die Dinge sich in Meinem All verlaufen und wollen dabei stets auf Nummer sicher gehn. Ich schwafle nicht, doch steht Mein Schweigen auf Gewinn an Wertbeständigkeit, Gediegenheit und reiner Freudigkeit am Sein und Leben. Sichtbar wird, was vordem scheu und schamhaft, blütenrein und unbekannt in Mir verborgen war, und zeigt sich nun dem Strahlen-blick der Sterne, die sich an dem ergötzen, was sie an Mir und Meiner lichterfüllten Innigkeit erschauen.

7.8

Momentan herrscht Frieden in der Seele seligem Revier der Gottheit, die Ich Bin, und die es vorzieht sich der Ruhe statt dem erdenbürgerlichen Seinsbetrieb zu weihen. Selbsternannt im besten Sinne Bin Ich Mir der dominante Herrscher über universenweite Szenerien, denen niemand auch nur im Geringstem beikommt, ausser Mir, der neue Werte schmiedet und geradebiegt, was Krümmen aufweist, Dellen füllt und holperige Stellen glättet in bewundernswürdiger Manier.

Ich hüte bestens, was noch zu behüten ist, und lasse frei, was sich als kompetent erwiesen hat, für freien Zugang zu den Quellen reinster Weltenweisheit und Verbindlichkeit mit allen noch so hoch erhabnen Chefetagen.

Wer sich für gering hält, wird von Mir zur Seinsgeselligkeit mit Wesen überirdischer Bedeutung und Gelassenheit erhoben. Wer vermeint, ein Könner und Gewaltiger im Hofrat pelzgefütterter Minister, Würdenträger und Politiker zu sein, den werde Ich spontan und spitzig eines Schlechteren belehren.

Nur Mir ist es vergönnt in Echtzeit, wie für ewig, richtig aufzutrumpfen, um dem Unnütz-und-verdriesslich-Sein ein regelrechtes und abruptes Ende zu bereiten. Wohlfahrt, Kreativität und künstlerisches Flair beherrschen über alles hin die Räume Meiner Gegenwart im Geiste, wie im irdisch angehauchten und gebrauchten Seinsrevier.

All Mein Behagen und Ertragen liegt im eminenten Wissen, dass Ich Bin, verborgen, das Mir gestattet, jederzeit zu schalten und zu walten, wie Ich will und wie's die Lage auch erfordert in der kosmisch ausgedehnten Seinsstruktur.

Das Fazit Meiner alldurchtriebenen Gedankenschwärme ist die Einsicht in das Götterlichte, das Ich Bin, und dem nichts gleichkommt an Gewissenhaftigkeit, gelinder Güte, Seinsgeselligkeit, Bewusstheit und Gewandtheit im Regieren.

Ich Bin das und Bin auch dies, wie dich, im Alldurchdringen und Mich-selbst-Besingen in beseligender, glückverheissender und sinngeladener Manier.

7.9

Wie sag Ich`s meinem Kinde, wird sich mancher denken müssen, wenn er etwas auf dem Kerbholz hat, das nicht so leicht vermittelbar und vom Tisch zu wischen ist im Vorwärtsdrängen. Ich aber sage dir: du brauchst dir auch um diesen Punkt kein Augenwasser zu bereiten, Ich bediene dich mit trefflichen, einleuchtenden und wunderbar plausiblen Argumenten, die dein eingesunknes Wissen aus der Patsche ziehn. Damit mach Ich wieder gut, was du für Verfahren hieltest und heile deine Wunde Stelle mit Bedacht in Nu.

Ohne Zweifel lohnt es sich für dich wie Mich Kontakt zu halten in der Weise überirdischer Nuancen, die das Weltsein ebenso betreffen, wie der festgestampfte Boden, auf dem du dich so sicher wähnst.

Zweifelst du an diesem Sachverhalt, beginnst du an dir selber zu verzweifeln, doch wenn du Mir vertraust, wird alles um dich licht und heil und heiter und jegliches Bedenken fällt wie Zunder von dir ab

und lässt dich rein und ruhig, graziös und meisterlich in Meinem Gnadenlicht erscheinen.

Und die Moral von der Geschichte: Meinen Auftritt
in der Welt vergisst man nicht und lässt ihn ohne
Folgen nicht am Kreuze hangen. Das Phänomen
von Meinem Hiersein setzt sich ohne Unter-
brechung bis ins Jenseits fort und stillt der Seele
unstillbares Seinsverlangen in der Sphäre überirdischen Begreifens und Verstehns.

Ich mache flott, was sich im Sand der täglichen
Notwendigkeiten festgefahren hat, und bringe dich
auf volle Fahrt zu Meinem Ziel mit wunderbar
gesättigten und liebevollen Geisteswinden.

Mir ist so leicht ums Herz, darfst du dir füglich
sagen, wenn du das alles als geregelt und
geschoren, aufgewertet und mit Meinem Petschaft
eingestempelt findest. Verschwunden sind die
langen Ohren und das Jetzt, in dem du lebst und
webst, kann nimmer kürzer werden. Dafür kann es
auch an Klarheit, Wohlbekömmlichkeit und Seelenseligkeit von nichts und niemand überboten werden.
Es schmiegt sich innig an dich an und bedeutet dein
intenses und elysisch eingefärbtes Heil in deines
Seinsgewissens Graduation und Sinnkraft in
allgöttlicher Manier.

7.10
Karambolagen sind nicht Meine Sache, sage Ich,
wie sich`s die weisen Häupter allesamt herzinnig
zuzuschreiben wissen. Dabei gilt es auch für dich,
den Faden des Gerechtseins an dir selber, wie an
allen Seinsgeschwistern, niemals zu verlieren, um
damit straight away in Meines Götterreichs Geruh-

samkeit und Fabelhaftigkeit, Wohlgehalt, und vielgewandtheit einzuziehn.

Was Ich in Meinem Sein erlebe, kann auch dir gelegen kommen, wenn du nur begreifst, mit welchen Freudengüssen -küssen und Errungenschaften, deines Schaffens Pulse und Vollendungen einhergehn. Alleweil sind sie der Ausdruck jener Urkraft, die Ich Bin, und die es sich nicht nehmen lässt, wie eh und je an allererster Stelle und Betriebsamkeit, Sagenhaftigkeit und Wirksamkeit zu paradieren.

Ich bedeute Mir das All, zu dem Ich Mich im Zeitenlauf, wie in der Zirkulation der Weltendinge, seinsbewusst und sinngerecht erhoben habe.

Ohne vollen Einsatz geht das nicht. Und wahrlich, aus der Fülle Meiner selbst hab Ich das alles liebevoll hervorgezogen. Das macht nun Meinen Willen wahr, aus dem, was Ich Mir Bin, ein immer Besseres, Beständigeres und Bewussteres hervorzuzaubern, als es je zu sichten und erleben war. Das wird dann mit Fug und Recht und Würde angepriesen, wenn es bis in deine Menschenwelt hinunter ausgestrahlt und eingebürgert ist.

Mit einem Kniefall ist bei Mir zuallerletzt zu rechnen vor den Kräften, die nicht auf Meinen Spuren durch die Welten ziehn. Das muss nach wie vor gerade umgekehrt geschehn, indem ihr Sinn sich wandelt und ihr Sein sich als das Meine offenbart im Selbstbesiegen.

Glückauf dem Spiesser, wenn er sein Geschoss sich selber zuhält, um im Namen der Gerechtigkeit sein Fell zu ritzen und damit den Umschwung zu bewirken, der in seinem Pflichtenheft geschrieben steht. Das macht ihn fürstlich und fidel und verleiht ihm Flügel hin zu Mir ins Reich der wahren Seligkeit und Sitten, Unsterblichkeit und Götterharmonie.

7.11

Als ob Ich wäre, was Ich Bin, muss Mein Seinsgefühl vorangehn und dabei so richtig auf die Pauke hauen, damit das geschieht, was Ich Mir vorgesetzt und vorgenommen habe.

Die Basis ist gelegt für alle Meine Weltentaten. Ich führe ständig aus, was in Meinem Evolutionenschreiten so quasi in der Luft liegt, und dem Leben an sich einen neuen Kick versetzen soll, damit es weitergeht in abervielen Formulierungen, Gestaltungen und sinnerfüllten Variationen.

Ich bade Mich im Strom der klassischen Fürsorglichkeit, mit der Ich Mich gekonnt und kurios, mustergültig, räsonabel und bewusst umgebe.

Mein Hinschied ist zugleich der Neubeginn in reiner Geistigkeit und Virtuosität im Schaffen unvergesslicher und unvergänglicher Holdseligkeiten. Ich leide mit, wenn Meine Mir vertrauten Seinsgeschwister leiden und setze Mich in Szene, wenn es darum geht, sie vor Unheil und Verlassenheit, Karambolage und Krawallen zu bewahren.

Ich gönne Mir nicht allzuviel und Bin dabei bestrebt, der Welt mit ihren Mucken, Wünschen und Verwünschungen viel mehr zu gönnen, als Mir selbst, um ihr ein angenehmes Dasein und vor allem eine blütenreine und befriedigende Zukunft zu verschaffen. Auch deine Ziele sollen sich den Meinen wesensgleich vereinen, und nichts von dem, was Ich Mir Bin, soll abseits von dir stehn.

Tragisch ist es, wenn du guten Glaubens in die Irre gehst und, statt bei Mir vor Ort zu sein, im Irgendwo herumvagabundierst, haltlos und von allen guten Geistern abgeschnitten. Da gewinnt Mein Wille wesentliches und entscheidendes Bedeuten, dich in jedem Fall allwie ein Söhnchen, das verloren war, zurückzuführen in das Vaterhaus, das ihm für alle Zeiten zusteht ohne jegliches Bedenken. Dort ist seine Heimat, seines Heils Revier und seine selig-machende Ägide guter Taten und zutiefst be-glückenden Erlebens.

7.12

„Durch Schaden wird man klug", welch glänzende Idee, um einsichtsvolle Besserungen zu erzielen. Im Grund genommen werte Ich dein Wesen auf, indem Ich ihm gutbürgerliche Werte schlank und schlau entziehe, um ihm an deren Stelle geistig definierte zuzuführen. Kommt es damit zum Handkuss, wird ein gefühlsgesättigter meist fehlen. Verstand und energiegeladene Emotionen liegen sich dabei arg in den Haaren und versuchen ihren Willen schlankweg durchzuziehn.

Hast du indes begriffen, um was es ständig geht, gehst du nicht mehr mit deinem Zorn spazieren, sondern fügst dich weislich in die Einsicht einer genialen Geiststruktur.

Gib das Altbewährte erst dann auf, wenn sich deine neuen Ideale als gerundet und gesundet, salon-fähig, souverän und merkantil erwiesen haben. Dein Vorgehn sei dem Meinen gleich mit Überlegungen begabt, die Hand und Füsse, Pfiff und schöne

Augen intus haben. Was Ich dir bereite, ist das Mahl der Eigen-ständigkeit in allen weltlichen Belangen, die dich mit ihren Forderungen und Vermutungen, Plackereien und Befürchtungen in Schwarm-formation umschwirren und beirren wollen.

Zu was du fähig bist, erzeigt sich in dem Mass, wie du dich Meinem Ratschlag und Gewissen unterziehst im tagtäglichen Verlauf der Lebensdinge und Modalitäten.

Gewissenhaft zu sein soll dir zur wohlanständigen Gewohnheit werden, wenn dich auch noch so viele lasterhaften Wünsche zu Verächtlichem und Niederträchtigem verführen wollen.

Ich binde dich erst los von Meinen Leinen, wenn Ich sicher Bin, dass du nicht mehr fremdgehst in Bezug auf Meine wohldurchdachten und begründeten Empfehlungen, die dir noch immer ungemein suspekt und übertrieben scheinen.

Weiss Gott mit was für wunderbaren und gewundenen Begründungen du dich Meiner Obhut zu entziehen trachtest und dabei vergisst, welch vorteilhafte Zacken, Züge und Bezüge dir daraus erstehn. Nimmst du ernst, was Ich dir Bin, so kann es dir an nichts mehr fehlen und du Bist für alle Ewigkeit in Meinen Kosmos der Glückseligkeit und Liebeswonne, Weltensonne, Heiterkeit und Hochgemutheit integriert.

7.13
Ich gelobe dir die Freiheit an, wenn du nur so gnädig bist Mir zuzuhören und dem Regelmässigen zu folgen, das Ich ellenlang und breit und prächtig zu verkünden habe.

Ich Bin es Mir gewohnt, mit dem was Meine Absicht ist, behutsam und erfinderisch, tatenträchtig und entschieden vorzugehn, um seine Wirkung optimal und seinsgerecht ins Lebensfeld zu führen.

Deine Mitte macht dich gross, die Ich Bin seit eh und je in heiliger Genügsamkeit und Folgerichtigkeit gewesen. Das steht schon im antiken Schriftgut, in den Ton geritzt, geschrieben und belehrt dich über deines Daseins wunderbare Tiefe im unendlichen Betrieb.

Ich Bin Mir`s so gewohnt, in alles einzugreifen, was da *ist* und was sich durch die Lebenszeiten rudert, pudert, pustet und in Seinsnatürlichkeit bewegt. So muss es sich ereignen, weil nur damit die Gewähr besteht, dass alles rund läuft, was Ich eingesetzt und angekoppelt habe.

Schwächen Meinerseits sind Mir noch nie bekannt geworden, weil Ich seit jeher alle Weltendinge selber aufgerissen und veredelt, auf den Thron gesetzt und feierlich vereidigt habe.

Bist du nun wirklich sesshaft und agil, erfinderisch und wählerisch in deiner vielgeliebten Welt geworden, muss Ich dir dringend raten, dich auch mit Meiner zu befassen, aus der die Dinge all hervorgehn, und die dem Leben Kraft und Saft verleiht in alles überragenden und wirkungsvollen Massen.

Mit dem, was Ich dir Bin, ist wahrlich nicht zu spassen, weil es deinem ganzen Sein und Wesen regelrecht zugrunde liegt und es von A bis Z beeinflusst, unterstützt und da- und dorthin dirigiert, ohne es je aus den Augen zu verlieren.

188

Du magst wohl für dich selber fürbass gehn, doch gehst du in die Irre, lasse Ich dich nicht im Stich und helfe dir den Fauxpas einzusehn, um dich wieder auf natürlichen und fehlerfreien Bahnen zu bewegen. Das ist dann die Heimkehr zu den Quellen deines Seins und Dich-durchs-Weltenall-Bewegens und lädt dich fein und feierlich zum Mitgestalten dessen ein, was Ich Mir Bin, und was auch du Bist im beseligenden Seinsrevier.

7.14

Was sich immer häuft, ruft Abscheu oder dann Bewunderung hervor, in der Allgemeinheit, wie im einzelnen Gemüte. Das ist nicht erstaunlich, weil in der Regel die Veränderungen guter Art bejubelt und die bedauerlichen ausgepfiffen werden.

Was dir bevorsteht, kannst du ohne weiteres nicht sagen, Ich aber schon, weil Ich es ja bewirke, in der Myriadenfältigkeit, in die Ich Mich im Geistessinn verflute, wie in der körperlichen Seinsstruktur.

Die grandiosen Würfe kommen alleweil von Mir, weil sie dem Stil entsprechen, den Ich im Weltenall und -fall gebührend eingerichtet und zutiefst verankert habe. Ich sage niemals ja, wo etwas schief geht, sondern korrigiere es nach Strich und Faden, bis es ruhig und gelassen seiner Wege geht als Vorbild für gottseliges und himmelstrebendes Benehmen.

Gewinner bist du immer, wenn du Mich zu deinen Freunden zählst und Ich demselben Vorbild Meine Huldigung, Gutherzlichkeit und Heiligkeit entgegenbringe.

Inmitten deiner Lebenskreise und Verfahren, Albernheiten und vernünftigen Manieren Bin Ich der Mittelpunkt, um den sich alles dreht und der die Seinsgeschicke leitet, wie der Kutscher auf dem Bock das feurige Gespann im Landschaftsgarten.

Willst du seriös sein, schlage einen kurzen Bogen zu Mir hin, der Ich mit etwas mehr Verstand und Himmelsgrazie begabt ist, als dein Mückenhirn, mit seinen unstet schwirrenden Gedankenschwärmen. Du wirst es schon noch glauben müssen, dass es Dinge gibt, die weit über deinem Horizöntlein und Gemütlein stehn im andersartigen Betrieb, dem Ich in souveräner Einfalt, Heimlichkeit und liebevoller Meisterschaft bevorsteh, ohne je zu wanken oder fieberkranken.

Spätestens in diesem gottgesegneten Momente sollst du einsehn, dass du Mich Bist in der Art und Weise, wie *Ich* in dir agiere, reagiere und aufs Innigste und Redlichste präsent Bin, haarklein und grotesk in jeder Hinsicht, Wohlfahrt und Staffage.

Die Amseln singen es vom Ästchen und die Tauben gurren es vom First hinunter, dass sie *sind,* und du wirst es beizeiten einsehn, wenn es heil und heiter, seinsbewusst und selig wird in dir.

7.15

Wer kann dich besser vor dem Selbstverderben retten, als gerade Ich, der dich zu allem Guten, Schönen und Gewissenhaften inspiriert in deinem hochdotierten Künstlerleben.

Du solltest schweigen, wenn Ich vor deiner Herzenstür von Geisteswelten rede, und dir mit gedämpfter Stimme beizubringen suche, was es für dich heisst, Meines Ebensbildes Kraftort, Kuriosität, Geschlängel und Partie zu sein.

Walte, was da walten will, im Weltenbrummen und Getöse, von Mir ist es geprägt, gerundet und gesundet immerzu. Die Blamage will Ich Mir ersparen, als Versager und Vernichter dazustehn, derweil für das Erneuern der Natur das Ausgelaugte und Verbrauchte schwinden und verschwinden muss, dem Frühlinghaften Aufblühn zu gewähren.

Glaubst du an Geister, sieh, Ich zeig sie dir, indem Ich dir die Wirkung ihres Schaffens und unendlichen Bestehns geziemend vor die Augen halte. Das Wesentliche jedoch kannst du nimmer sehn und musst es mit Gefühl und Andacht als gegeben und geführt betrachten von der allweltlich tätigen und myriadenfach verzweigten Geisterschar.

Du beginnst zu ahnen, wie komplex und anspruchsvoll die Weltendinge und Gepflogenheiten sich verhalten in den Rhythmen, die sie stündlich, jährlich und jahrtausendlich verwallen. Meine Machart trägt den Stempel des Beherrschens aller Seinsgegebenheiten und Natürlichkeiten, die da *sind,* und ihre Wirksamkeit aufs Köstlichste entfalten.

Was *Ich* in die Wege leite, sucht sich auf jeden Fall, und wär es in Äonen, zu verwirklichen und seiner Destination gemäss dort anzukommen, wo es eben sein und sinnen, selig sein und singen muss nach Meinen genial erfundnen Dispositionen. So lebt das Ungebildete stets dem vollendet Ausgeformten wunderbarerweis entgegen und erfüllt es mit begeisterndem Elan, erstaunlicher Geschmeidigkeit und mit Kaprizen, die von Witz und Unbeschwertheit, Zuversicht und traditionssgemässem Aufwand fabelhafte Kunde geben.

Ich lasse niemals ab von dem, was Ich angefacht und angezapft, verursacht und ergriffen habe, bis es, seinem Zweck gemäss, Vollendung atmet, Seinsglückseligkeit und universenweite Harmonie.

7.16

Partielle Finsternis ist stets mit soviel Helligkeit verbunden, dass du noch herumspazieren kannst im nächtlich angehauchten Garten. Desgleichen stelle Ich dir Meines Geisteslichtes Anhang und Beleuchtung zur Verfügung, damit du sehend wirst, in Meinem Reich und Reichtum sonder Gnaden.

Die Brillanz, mit der Ich täglich operiere, färbt auf deines Menschseins zartgetönte Schichten ab und beleuchtet ihren Schimmer, dass sie deinem Schauen sichtbar werden in der Schönheit ihrer wallenden Strukturen.

Glänzest du in einem Fache, wird sich mählich auch das andere zu Glanz und Glorie erheben. Alle Dinge der Lebendigkeit an sich sind so und somit miteinander eng verbunden und lassen ihren Einfluss gegenseitig ineinanderspielen.

In Meinem Licht betrachtet, bist du dir niemals der, der du zu sein scheinst, in der Voltage deiner mickrigen Augen, denn sie können nur von aussen auf die brachialen Lebensdinge starren, derweil sie versagen, wenn es darum geht sie auch von innen her ausgiebig zu besehn.

Willst du Kränze winden, winde dich zuerst zu Mir hinan, damit sie durch Mich kräftig und beschaulich werden, freudeduftend und viral. Ich lass es nie beim Einmaleins bewenden, sondern füge stets das Unermessliche hinzu, indem Ich Meine Gegenwart darin beglückend und berauschend, kapriziös und burschikos erlebe. Da gibt es noch unendlich viel zu tun, bis alles seinen Platz und seine Wirksamkeit erreicht hat in der Welten bürgerlicher und besitzergreifenden Manege.

Du neigst dazu, bei jedem noch so zimperlichen Anlass ein enormes Fest zu feiern und vergisst dabei, dass dir bestenfalls nur Meine Festlichkeiten wirkliches Vergnügen und Genügen, Hopplahopp und Honiggelb in corpore verleihen können.

7.17
So etwas wie ein Eklat öffnete den Weg des Heils, dem Ich zu folgen hatte, folgsam wie Ich war. Die Widerstände gegen die Belehrung aus den Höhen brachen ein und Ich begann Mich um das Sein zu kümmern, das Ich Bin und immer war.

Konstanz im Wollen bringt auf jeden Fall Erfolg und gute Noten denen gegenüber, die den Dreh und Duktus, Wohlverstand und Lichtblick geistiger Natur noch nicht gefunden haben. Wachsamkeit ist die gottselige Devise, die zur Erkenntnis deiner selbst im Alltag führt, wie in den köstlichen Momenten liebevoller Konzentration, an der die Weisen aller Zeiten ihren Freudenwall gefunden haben.

Was Ich längst bemerkt und ausgekostet habe, ist die Dringlichkeit, die hinter den Veränderungen deines Sinnens steht und dich dazu motiviert, endlich einmal ernst zu machen mit den Schritten, die dich in die Sphären der Unendlichkeit und Liebenswürdigkeit des Seelenhimmels führen. Du fängst mit der Schulung deines Eigenwillens an und endest mit der Fähigkeit, das was du willst, auch wirklich durchzusetzen vor den liederlichen Kräften, die dich daran hindern wollen.

Um das gezielt und sicher zu erreichen, musst du dich in Meine Kompanie begeben, die dir Hilfe bietet und somit zur Erbauung und Erlösung führt von allen Übeln, die dich bisher arg geplagt und hin und her gerissen haben.

Wie einen Goldschatz trägst du dann das Wissen und Gewissen unterm Herzen, dass Ich in dir Bin und dass Ich, was du Bist, mit unerhörter Stosskraft und Galanterie zum Guten führe. In Meinem Nahsein überkommt und überschattet es dich als der Geist der Wahrheit und Wahrhaftigkeit in deinem liebevollen Menschenleben.

Dein Brauchtum soll bis in das Detail unbedingt das Meine werden, und dein Habitus soll darauf ausgerichtet, eingerichtet und trainiert sein, nur noch den ewigen Gesetzen seinsgerecht zu folgen. Du wirst daran dein Freudenfest, die Liebe der Erwachten und die Wonne wahren Seligseins in den von Mir behüteten und auserlesenen Unendlichkeiten finden.

Ludwig Weibel, geboren 1933
Lebt in CH-9200 Gossau/St.Gallen
Homepage: www.das-sein.ch
E-Mail: ludwig.weibel@hispeed.ch